Olhos Vazios

Por

T. M. Bilderback

Traduzido por

Marina Vidal

Sumário

Capítulo 1

Não consigo expressar a profunda sensação de horror paralisante e a falta de esperança que sinto neste momento. A situação na qual me encontro é terrivelmente perturbadora e pode resultar no fim...talvez não o fim da humanidade, mas o fim de tudo o que é normal.

Sinto muito, iniciei esta história pelo final. Permita-me recomeçar.

Não sei quando tudo começou, mas sei quando percebi os primeiros sinais. Estava em casa numa manhã de setembro, cortando a grama do jardim. Não vivemos em um condomínio fechado, nem fazemos parte de uma associação de moradores, o que é bom, já que não gostariam muito de mim. Não me preocupo em manter o meu gramado com um centímetro de altura e não corto a grama em padrão organizado. Simplesmente espero que cresça o bastante, para então cortá-la um pouco para que fique apresentável.

Meu vizinho, Ralph Johnson, é exatamente o oposto. Ele é obcecado com o seu gramado. Lá não existem ervas daninhas, e nenhum narciso ousa brotar fora de uma floreira. Eu já cheguei a ver o Ralph de quatro, com uma régua na mão medindo a altura da grama. Todo sábado, ele passa horas com um cortador, um aparador e uma tesoura de jardinagem. Eu nunca conheci alguém tão preocupado com seu gramado.

Ralph e sua esposa vivem na esquina da avenida Maple com a rua Oak. Minha família e eu vivemos na casa ao lado, na avenida Maple.

Nossas famílias não são chegadas.

Ralph e eu já "discutimos" diversas vezes sobre minha rotina de cuidados com o gramado, até que as discussões reduziram-se a comentários espirituosos sobre tudo relacionado ao tema, inclusive a alfinetada que lhe dei recentemente ao dizer que ele poderia usar o tanto de bosta que fala para adubar o próprio gramado.

Depois disso, Phyllis, minha esposa, e Catherine, a dele, continuaram amigas; nós dois, no entanto, passamos a nos evitar.

Até que um dia, um de nossos filhos, Ralph e Catherine não têm nenhum, acidentalmente derrubou parte da cerca que separa nossos quintais. Era uma grande cerca de madeira, de 2,5 m de altura, que impedia a visão do outro lado e tinha aquelas extremidades pontiagudas que desencorajavam possíveis invasores de pulá-la. Catherine gritou com as crianças, e Phyl desculpou-se. Catherine então gritou com Phyl, e isso foi o fim. Ralph e eu encontramo-nos na cerca quebrada naquela tarde, eu disse que ficaria feliz em pagar pelo prejuízo e a história terminou ali. Phyl e Catherine não eram mais amigas.

Nossos filhos, Keith e Clarissa, ainda são pré-adolescentes. Ele tem onze anos e ela doze. Os dois são bastante atléticos, e embora eu os encoraje, não sei de onde surgiu esse interesse. Eu não sou nada atlético. Como escritor, o máximo de exercício que faço é andar algumas quadras, normalmente quando tenho que resolver alguma questão a respeito da trama de uma história. Phyllis é contadora e trabalha em uma grande empresa no centro da cidade. Ambos nossos empregos exigem que fiquemos com a bunda plantada em uma cadeira por longos períodos de tempo. Então, apesar de termos um ótimo metabolismo e não ganharmos peso, não costumamos fazer muito no quesito exercícios físicos.

Após garantir a Ralph que pagaria pela cerca, reuni as crianças e pedi que tivessem mais cuidado ao brincar no quintal. Elas não deveriam jogar futebol lá, a menos que todos os jogadores concordassem em tomar cuidado para que nada nem ninguém batesse na cerca. Após aquele dia, não vimos mais nossos vizinhos com a mesma frequência.

Por isso fiquei muito surpreso naquele dia, estava cortando a grama quando olhei para cima e vi Ralph caminhando no meu gramado em minha direção. Ele não andava em linha reta...cambaleava alguns passos para a esquerda, endireitava-se, cambaleava alguns passos para a direita e endireitava-se novamente. E lá vinha ele, aos trancos e barrancos. A princípio pensei que ele tivesse bebido algumas cervejas a mais. Desliguei o cortador e esperei que viesse até mim.

Conforme aproximava-se, reparei em seus olhos. Estavam vazios e leitosos. Pareciam duas bolas de gude azul claras mergulhadas em leite, com alguns traços de vermelho nelas. Mas o que mais me impressionou neles foi que pareciam não me enxergar.

O que quero dizer é: ele conseguia me *ver*, é claro, afinal estava andando, ainda que cambaleante, em minha direção. Mas ele não estava me *enxergando* de fato, se é que isso faz algum sentido.

Ralph parou a dois passos de distância, a cerca de um passo do cortador de grama.

Ele, que normalmente era um homem elegante, estava vestido de maneira um tanto desleixada hoje. Não que estivesse largado, somente estava diferente do seu habitual. Ele vestia uma camiseta marrom, calça jeans e tênis. Porém, sua camisa não estava para dentro da calça como sempre e não usava meias. Seu cabelo também estava um pouco bagunçado, como se tivesse acabado de levantar da cama, e seus óculos estavam tortos.

— Olá, Ralph — eu disse cordialmente.

Ele ficou parado olhando para mim com aqueles malditos olhos vazios.

Decidi provocá-lo um pouco.

— Estou fazendo barulho demais? É esse cortador novo. Acho que ele não consegue nem cortar a grama direito quando vou da esquerda para a direita. O que você acha?

Ele não respondeu. Simplesmente continuou olhando para mim.

— Ralph, está com algum problema? O que você quer?

Seus lábios começaram a mover-se mas nenhum som saía deles.

— Fale mais alto, vizinho. Não vou conseguir ouvir você se continuar falando para dentro.

Então ele disse:

— Grlk-k-k. — E inclinou se para frente vomitando litros de sangue sobre meu cortador novo.

Afastei-me para que não respingasse em mim enquanto repetia:

— AimeuDeus! AimeuDeus!

Ele então começou novamente, vomitando mais não sei quantos litros de sangue sobre o cortador.

Mas aquilo não era apenas sangue.

Havia também algo preto...uma espécie de *coágulo*...misturado ao sangue, que saia em pedaços grandes junto com umas coisas que contorciam-se e não pareciam ser vermes nem minhocas. Não sei o que eram, mas tinham pernas e corriam ao redor do cortador. Aparentemente, a luz do sol era letal para elas, mas não tinha a menor intenção de tocá-las para ter certeza. O cheiro era terrível, era como se algo tivesse morrido e estivesse se decompondo rapidamente sob o sol.

Tirei meu telefone do bolso, deixei-o cair no chão, peguei-o novamente e tirei-o do modo de bloqueio. Disquei um-nove-zero, expliquei a emergência e permaneci na linha até que a primeira viatura chegou.

Ralph estava com os joelhos encolhidos, deitado sobre seu lado esquerdo em posição fetal. Uma daquelas coisas que ficavam se contorcendo começou a sair pela sua narina, mas voltou ao sentir a luz do sol. A boca dele ainda movimentava-se, como se tentasse formar palavras, mas seus pensamentos, se é que ainda tinha algum, não traduziam-se.

Os policiais na viatura desligaram a sirene, mas deixaram as luzes piscando. Eu, que ainda estava no telefone com a atendente, disse a ela que a primeira viatura chegara e fiz sinal para os dois vigilantes uniformizados aproximarem-se.

— Você é o Sr. Stiles? Sr. Paul Stiles? — perguntou o mais velho.

— Sou eu mesmo, que bom que chegaram!

O mais novo agachou-se ao lado de Ralph e esticou o braço para checar seu pulso.

— Eu não faria isso! — disse rapidamente. — Eu não tocaria nele, se eu fosse você...pelo menos não sem antes colocar uma luva. Sinceramente, acho que não devemos tocá-lo de jeito algum.

— Por quê, Sr. Stiles? — perguntou o policial.

A esta altura, alguns dos vizinhos haviam saído de suas casas para ver o porquê de tanta confusão. Era possível ouvir outra sirene à distância, com sorte a de uma ambulância, e o som tornava-se mais alto a cada segundo.

Apontei para o cortador de grama.

— Não sei se alguma delas ainda está viva, mas essas coisas que parecem vermes com pernas saíram de dentro do Ralph quando ele vomitou, e vi um tentar sair pelo nariz dele e depois voltar. O que quer que seja, pode ser contagioso. Eu, particularmente, não gosto da ideia de ter um monte de...criaturas...dentro de mim, mas cada um sabe o que é melhor para si. — O policial afastou a mão rapidamente, como se tivesse sido mordido. — A luz do sol parece matá-las, pelo menos — eu disse.

A sirene, que de fato pertencia a uma ambulância, silenciou-se quando o veículo virou da rua Oak na Maple. O policial mais jovem foi correndo em direção a ela para explicar o que estava acontecendo. O mais velho virou-se para mim.

— Você sabe quem é esse homem, Sr. Stiles? — perguntou.

— Claro. É meu vizinho do lado, Ralph Johnson. — Apontei para casa dele, que podia ser parcialmente vista além da cerca viva que separava as duas propriedades. — Ele mora ali, com sua esposa, Catherine. — Foi então que me dei conta. Alguém precisava contar o que acontecera para Catherine. Não sabia quem faria isso, mas sabia que com certeza não seria eu.

— Eu vou ver se está tudo bem com ela, senhor, e informá-la sobre o que está acontecendo. Sabe se ela está em casa?

Balancei minha cabeça.

— Não faço ideia, Senhor.

Com uma expressão de pesar, fez que sim com a cabeça.

— Vou checar se está tudo bem com a esposa. Por favor, fique aqui fora. Pode ser que ainda precise responder algumas perguntas e tem que assinar seu depoimento.

Os paramédicos estavam vestindo suas luvas de látex e tirando uma maca de dentro da ambulância. Eles também pegaram uma espécie de macacão de plástico laranja e vestiram-no sobre seus uniformes. O policial mais velho acabara de chegar ao outro lado da calçada e passava para o outro lado da cerca.

Se Ralph estivesse consciente e no controle de seus movimentos, ele provavelmente gritaria com o policial por "arruinar seu gramado". E então diria algo do tipo "um policial não tem o direito de estragar algo que um cidadão trabalhou duro para conseguir". A essa altura, o policial provavelmente atiraria nele.

Mas Ralph não estava consciente e no controle de seus movimentos. Eu sequer sabia se ele estava vivo, e nem a pau eu iria chegar mais perto dele para descobrir.

Olhei novamente na direção dos paramédicos, eles agora vestiam também aqueles capacetes gigantes com um visor na frente. Provavelmente um traje anticontaminação. Eles também colocaram uns cintos que tinham uma caixa média presa a eles. Da caixa saía uma mangueira que se conectava a parte de trás dos capacetes.

Por que diabos eles tinham tanto medo do meu caro Ralph?

Mais uma viatura juntou-se aos outros veículos de emergência estacionados no meio da rua Maple. Lamentei que ainda era dia, seria divertido ver aquelas luzes vermelhas, brancas e azuis piscando à noite, muito patrióticas, com todas as cores da bandeira dos EUA.

O policial mais novo falou com os recém-chegados dentro da viatura e então os três seguiram em direção a casa do Ralph. Eles foram pelo gramado — mais policiais arruinando o trabalho duro de um cidadão — enquanto o mais novo permaneceu perto da ambulância.

Finalmente, os paramédicos pegaram a maca e atravessaram meu jardim. Eles pararam ao lado do corpo imóvel de Ralph e um deles virou-se para mim.

— Sr. Stiles, você teve algum contato com o vômito? — perguntou. Sua voz era baixa e artificial. Ela saía de um pequeno alto-falante próximo ao visor do capacete.

Balancei a cabeça.

— Não, consegui me esquivar dele. Graças a Deus.

O capacete dele balançou para frente e para trás, concordando de maneira exagerada.

— Deus com certeza estava com você.

O parceiro dele agachou ao lado de Ralph. Sua voz era igualmente baixa e artificial.

— Parece que temos o número doze, Jim.

— Uau — respondeu o paramédico Jim. — Mas que diabos está acontecendo?

— Era exatamente isso que eu ia perguntar a vocês — disse eu.

O policial mais novo havia se aproximado deles.

— Com licença, pessoal, mas preciso que vocês vão até a casa ao lado quando puderem.

— À casa ao lado? — perguntei. — É a Catherine? Ela está machucada?

O policial concordou, parecendo assustado e distraído.

— Parece que ela tem a mesma coisa que este homem aí no chão. Eles me pediram para perguntar-lhe se pode ir identificá-la.

— É claro — respondi.

— Nós cuidaremos do seu vizinho enquanto estiver lá, Sr. Stiles — disse o paramédico que estava de pé.

— Obrigado — respondi. Fui até o limite do meu jardim e dei a volta na cerca para passar para o do Ralph. A porta da frente da casa estava escancarada.

Eu estava sozinho. O policial mais novo ficara com os paramédicos, não sei se por medo ou se para ajudá-los.

O jardim do Ralph era perfeito. Os arbustos que emolduravam a frente da casa ficavam em canteiros de madeira, dividindo o espaço com rosas podadas que desabrochavam e tulipas verde claras, cujos botões já haviam florescido este ano. Todas precisamente organizadas com espaços uniformes entre cada planta. Trilhos separavam os canteiros e impediam que a grama verde invadisse seu espaço. Corrimãos de ferro fundido decorados enfeitavam as laterais da escada da entrada e encontravam-se no topo dela com uma cerca, cuja função era proteger a varanda e a privacidade dos residentes.

Estranhamente, me senti um intruso subindo aqueles degraus até a porta da frente. A cada passo, um sentimento de terror crescia dentro de mim e quase me fez dar meia volta, correr de volta para minha casa e esconder-me debaixo da cama king que eu dividia com Phyllis. Mas não fiz nada disso; atitude da qual me arrependeria mais tarde. Cheguei até a porta e falei alto:

— Olá!

— Aqui na cozinha! — Foi a resposta que ouvi.

Entrei no vestíbulo e segui pelo corredor até a cozinha luminosa. As paredes eram amarelas, luminosas como o sol. Todos os eletrodomésticos eram de aço inoxidável e reluziam impecáveis. Os armários eram brancos com acabamento brilhante e o piso era coberto por azulejos igualmente brancos. A cozinha toda era minimalista e agradável, com uma exceção.

Catherine Johnson estava encolhida em posição fetal no chão, deitada sobre uma poça de sangue e coágulos pretos. Senti aquele mesmo cheiro de decomposição. Várias daquelas criaturas que se contorciam estavam espalhadas pelo chão, mas estas não estavam mortas. Elas não tiveram contato com a luz solar e andavam sem rumo pela cozinha. Estavam sobre a poça de sangue e coágulos...por enquanto. Cada uma tinha cerca de 8 cm de comprimento e pareciam centopeias de seis pernas. Uma única antena, que balançava, saía da frente de cada uma delas.

Catherine estava morta, disso eu tinha certeza. Uma das coisas saía pela sua narina e outra pelo ouvido.

Fiquei aliviado por não ter almoçado ainda, pois queria terminar de cuidar do gramado primeiro.

— Sr. Stiles, essa é a sua vizinha? — perguntou o policial mais velho.

Balancei a cabeça, esforçando-me para não vomitar.

— Sim, Senhor, essa é Catherine Johnson. O marido dela, Ralph, está no meu gramado.

— Parece a mesma coisa que atacou o marido — disse ele.

Eu olhei para as poças de sangue e coágulos no chão. Havia uma pegada evidente em uma delas.

Alguém pisara ali.

Enquanto observava, um dos policiais que chegaram depois pisou em uma das coisas. Ela explodiu, espalhando suas entranhas pelo chão e pela poça. As outras criaturas se aproximaram de seus restos mortais e começaram a devorá-los.

Era evidente que a pegada era desse policial. Ele provavelmente fizera a mesma coisa antes.

Quando cheguei a essa conclusão, ele, que segundo sua placa de identificação chamava-se Richards, disse:

— Cara, eles se atacam pra valer, não é mesmo? — Ele tinha um sorriso estúpido e sádico no rosto.

A placa de identificação do policial mais velho dizia "Barnes", e o outro era "Mitchell".

Barnes olhou para Richards e disse:

— O legista vai cair matando em cima de você por arruinar as evidências.

— E daí? — ele respondeu. — Os insetos mataram ela. Qualquer idiota consegue ver isso!

— Mas o legista não precisa que "qualquer idiota" estrague as evidências que mostram isso. Não faça isso de novo.

Enquanto eles se entendiam, eu observava as criaturas no chão. Uma delas estava saindo da poça em direção ao sapato de Richards. Era muito rápida, e antes que eu conseguisse começar a falar já alcançara a parte de cima do sapato.

— Ei, Richards, tem um... — comecei.

— Ai! — gritou ele, levantando o pé rapidamente e subindo a barra da calça. Havia um pequeno ponto vermelho ali. Nenhuma criatura, somente o ponto, que parecia muito com um pequeno buraco, que não sangrava.

— Qual o seu problema? — perguntou Mitchell.

— Alguma droga de coisa me mordeu! — gritou.

Barnes, no entanto, estava olhando para mim.

— O que você ia dizer, Sr. Stiles?

— Eu vi uma das criaturas ir até o sapato do Richards e entrar debaixo da barra da calça — respondi.

— Não mesmo! — disse Richards apressadamente.

— Então o que é esse furo na sua canela? Cortou-se ao se depilar? — perguntou Mitchell.

— Não, é só...é só...eu... — ele gaguejou.

— Mas que droga! Pegue o braço dele Mitchell! Vamos leva-lo até a ambulância! — gritou Barnes. — Stiles! Saia daqui! Vá para casa! Vá para casa *agora*!

Eu só quero que saiba que não me envergonho do que fiz em seguida.

Eu corri como nunca havia corrido antes.

Capítulo 2

Conforme me aproximava da cerca viva, o policial mais jovem, que estava ali parado, parecia não saber como reagir. Ele pôs a mão sobre a arma e disse para mim:

— Ei! Pare! Pare onde está! — Sua mão estava sobre o fecho do coldre, quando Barnes gritou dos degraus na entrada da casa do Ralph. Eu parei mesmo assim. Não ia correr o risco de levar um tiro de um policial nervoso.

— Deixe-o ir, Tim! Eu mandei ele correr!

Tim então viu os três policiais cruzando o gramado da casa apressadamente.

— Peça outra ambulância, Tim! A gente precisa de outra ambulância! Agora!

O jovem policial, Tim, virou-se, correu até a viatura que chegara primeiro e começou a ligar para a central para pedir a outra ambulância. Os paramédicos estavam acabando de colocar a maca com o Ralph dentro da ambulância e ainda vestiam seus trajes de segurança. Barnes e Mitchell estavam literalmente arrastando Richards até lá.

— Ei! *Ei*! — gritou Barnes. Um dos paramédicos virou-se. — Este homem foi mordido por uma das criaturas! Levem-no para o hospital imediatamente! Não há tempo a perder!

Richards protestava enquanto os quatro homens forçavam-no a entrar na ambulância.

— Esperem, por favor! Vocês *sabem* que sou eu! É o Richards, caramba, pelo amor de Deus! Não há nada de errado comigo!

Foi então que aconteceu a coisa mais aterrorizante até então, não pelo ato em si, mas pelo que ele *significava*. Barnes prendeu com sua algema ambas as mãos de Richards ao corrimão dentro da ambulância.

— Vão, agora! — gritou ele então, fechando as portas apesar dos protestos de Richards. Ele bateu duas vezes na porta fechada. O motorista entrou no veículo ainda vestindo o traje de segurança e a ambulância foi embora com suas luzes piscando e sua sirene gritando.

Foi então que algo me ocorreu enquanto eu assistia a ambulância ir e me virei para Barnes.

— Policial Barnes...

— Sargento, Sr. Stiles.

Dei de ombros.

— *Sargento* Barnes, então. Eu tenho uma pergunta.

Barnes olhou ao redor para os vizinhos que estavam reunidos na rua e chamou Tim e Mitchell.

— Vocês dois, isolem essas duas casas com fita e levem essas pessoas de volta para a calçada e para longe daqui! Vão! — Eles correram para fazer o que Barnes mandou.

— Pronto, Stiles, parece que agora temos alguns minutos a sós. Qual é a sua pergunta?

— Quando você saiu para ver se estava tudo bem com a Catherine, um dos paramédicos disse "parece que temos o número doze" o que ele quis dizer com isso?

Barnes respirou fundo, como se fosse dizer para eu cuidar da minha vida, mas algo em meus olhos deve tê-lo feito mudar de ideia. Continuei a pergunta.

— Tem mais uma coisa. Você agiu bem rápido ao mandar Richards para o hospital. Eu acho que você sabe de alguma coisa que eu não sei. Eu gostaria de saber o que é — concluí.

Barnes permaneceu em silêncio enquanto olhava meus vizinhos. Então olhou para os dois policiais que estavam guiando-nos para longe da minha casa e da de Ralph.

Finalmente ele olhou para mim.

— Sr. Stiles... — ele começou a dizer.

— Paul — eu o interrompi.

Barnes sorriu sério para mim.

— Paul. Meu nome é Bobby. E você pode agradecer a Deus esta noite por não ter sido infectado. Nós tivemos chamados a respeito disso vindos de toda a cidade.

— O que são aquelas coisas?

Bobby balançou a cabeça negativamente.

— Ninguém sabe. Ninguém nunca viu nada parecido antes. Não temos certeza de onde vieram e não sabemos como matá-las. — Ele bufou ironicamente. — Não sabemos nem quando as pessoas estão infectadas. Pelo menos não até que fiquem com aqueles olhos vazios.

Eu comecei a falar. Aquela fora a primeira coisa que notara sobre o Ralph, e disse isso ao Bobby.

Ele fez que sim.

— Sim, mas seu vizinho já estava nos estágios finais. Os olhos ficam vazios de três a quatro horas antes do vômito começar. E mesmo assim, o corpo continua carregando os ovos em seu interior. Os ovos são aqueles...*coágulos* pretos, eu acho...que saem junto com o sangue.

— As criaturas que o Ralph vomitou pareceram morrer com a luz do sol.

— Elas não estão mortas.

Eu olhei para Bobby.

— Como é que é?

Ele balançou a cabeça.

— Aquelas coisas não estão mortas. A luz do sol não mata elas. Só as deixa atordoadas...em repouso.

— Jesus amado. Quem mais sabe sobre isso, Bobby? O que está sendo feito a respeito?

— Eu sei que três professores da universidade local estão trancados em quarentena. Eles estão trabalhando para encontrar uma solução e não saem de lá. Têm bastante água e comida lá dentro e estão tomando todas as precauções para que nada chegue lá. Um professor de biologia, um de química e outro de física. Cada um deles com um assistente, e é isso. Eu não sei o que já descobriram ou quem foi avisado.

— Alguém precisa alertar o CDC em Atlanta! Avisar os Federais! Colocar isso nos noticiários! Bobby, temos que avisar as pessoas!

— Avisá-las do quê? Nós sequer sabemos como essas coisas se espalham! O Richards foi a primeira pessoa que vimos ser infectada pela entrada direta de uma das criaturas, o modo como as *outras* pessoas foram infectadas ainda é um mistério! Nós não sabemos se os ovos se espalham pelo vento, pela água ou simplesmente pelo solo.

— Mas mesmo assim as pessoas precisam ser avisadas! Talvez consigam se proteger de alguma maneira.

Bobby olhou para mim.

— Paul, seja realista. As pessoas simplesmente entrariam em pânico. Elas começariam a matar umas às outras por puro medo. — Ele olhou ao redor para os vizinhos reunidos novamente. — Você é casado Paul?

Fiz que sim.

— Sim, tenho dois filhos.

— Estão lá dentro?

— Não, as crianças foram ao cinema e minha esposa está trabalhando no escritório no centro da cidade.

— Quer um conselho?

— Claro.

Bobby olhou ao redor novamente.

— Reúna eles, faça as malas e leve-os para bem longe daqui. Vá para algum lugar longe de tudo e de todos. Proteja a si mesmo e a sua família. — Ele começou a andar novamente, então parou e virou-se para mim. — Mas não espere demais para ir. Vá antes que seja tarde demais.

Eu considerei seu conselho com cuidado. E naquele momento tomei uma decisão.

— Bobby!

Ele parrou de andar e virou-se para mim.

— Você tem um bloco e uma caneta que eu possa usar por um momento?

— Tenho. — Ele revirou os bolsos, tirou os dois objetos de dentro deles e me entregou.

Eu peguei-os e anotei um endereço, junto com explicação simples de como chegar lá.

— Você é casado, Bobby?

Ele balançou a cabeça negativamente.

— Divorciado.

Eu entreguei-lhe o bloco e a caneta.

— Este é o endereço de um chalé que temos nas montanhas. É lá que estaremos. Caso as coisas fiquem feias de verdade, encontre-nos lá. Ficaremos felizes em recebê-lo.

Ele chegou a sorrir.

— Obrigado, Paul. Pode ser que eu aceite o convite.

Eu concordei com a cabeça, tirei meu celular do bolso e liguei para Phyllis enquanto caminhava em direção à casa.

PHYLLIS TINHA MUITAS perguntas depois que ouviu tudo que acontecera durante o dia. Para a maioria delas, eu não tinha resposta.

— Então, baseando-se nas informações fornecidas por esse policial, nós vamos fazer as malas e deixar a cidade — disse ela, com um tom levemente irônico.

— Sim —, respondi. — Por alguns dias, pelo menos.

— Você tem alguma ideia da quantidade de trabalho que eu tenho para fazer? Não está na época de declarar os impostos, mas é época de recebimentos e algumas das nossas empresas estão exigindo... — ela começou a explicar e então parou. — Paul, uma das crianças está me ligando, espere. — Ela me deixou esperando.

Eu estava pensando em alguma maneira de convencê-la que precisávamos ir quando ela voltou para a linha.

— Paul, comece a fazer as malas. Vamos com o carro e com a caminhonete, assim conseguiremos levar mais coisas.

— O que aconteceu, Phyllis? As crianças estão bem?

— Era o Keith. As crianças estão bem, mas ele disse que três pessoas passaram mal e começaram a vomitar no cinema e foram levadas embora por uma ambulância. Keith está tentando manter a calma e ser corajoso, mas é só para proteger a Clarissa. Eles estão assustados.

— Tudo bem, eu vou começar a arrumar tudo. Nós precisamos parar no supermercado no caminho para o chalé. Temos que levar o máximo que conseguirmos de suprimentos e o mínimo possível de roupas. Roupas nós podemos lavar, mas comida é uma necessidade básica.

— Você tem razão, Paul. Vou deixar um bilhete na porta do Browning, caso ele não atenda o telefone. Vou avisá-lo que preciso sair de licença e que não sei quando voltarei. Então irei buscar as crianças e depois iremos direto para casa.

— Está bem, Phyl. Tenha cuidado, querida. Te amo.

— Também te amo, Paul.

Nós desligamos e eu fui para a garagem buscar nossas malas.

Notei que o meu cortador de grama novo ainda estava no gramado, como um lembrete de que meu vizinho acabara de morrer ali.

QUANDO PHYLLIS CHEGOU em casa, a maior parte da multidão de curiosos já havia se dispersado. Uma ambulância chegara na casa vizinha, fora embora, e a casa dos Johnson estava lacrada. A fita amarela de isolamento não bloqueava a minha garagem e havia um perímetro de fita ao redor do meu cortador. O cordão de isolamento tinha 1,3 metros de comprimento em ambos os lados e fora feito com os restos de madeira da cerca de um dos vizinhos.

Saí de casa para recebê-los e, principalmente, para evitar que as crianças chegassem perto demais do cortador de grama. Abracei e beijei cada um deles e então dei um abraço apertado em minha esposa.

Keith me contou que as pessoas começaram a vomitar no cinema. Ele disse que apesar de ninguém ter vomitado na sala em que eles estavam, ele ouviu as pessoas das outras salas comentando o acontecido. Como a duração média de um filme é de cerca de duas horas, isso significava que aquelas pessoas chegaram aos estágios finais mais rápido do que as estimativas de Bobby; era possível concluir isso pois ninguém notara nada de estranho nos olhos dessas pessoas.

Avisei as crianças para não chegarem perto do cortador e comecei a discutir com Phyllis a melhor maneira de arrumar a bagagem na caminhonete. De repente, Clarissa gritou.

— Mãe! Pai! Tem alguma coisa embaixo do cortador!

— O quê? — perguntei descrente.

— Eu vi alguma coisa se mexendo debaixo do cortador! — ela repetiu.

Olhamos todos naquela direção. Depois de um instante, alguma coisa se mexeu debaixo dele. Parecia ser mais ou menos do tamanho de um rato grande...ou de um cachorro pequeno.

Meu estômago se revirou. O que quer que aquelas coisas fossem, estavam crescendo.

O sol ainda estava alto, então não estava preocupado que a criatura fosse sair de onde estava. Por enquanto. Mas e quando a noite chegasse? Sim, acredito que sairia de lá então. Ah, sim. É claro que sairia.

À noite é quando os pesadelos acontecem.

Para Phyllis, eu disse:

— Vamos terminar de carregar o carro. Agora.

— O que é aquilo, Paul? *O que está lá embaixo?*

— Eu não sei, Phyl, mas tinha menos de 8 cm quando o Paul vomitou. Vamos começar a agir agora, por favor. Eu quero estar na estrada a caminho do chalé antes de escurecer.

Keith já estava levavando sua irmã para dentro de casa e eu peguei Phyllis pela mão. Quando chegamos na garagem, empurrei Phyl para dentro e disse:

— Maneire nas roupas, nós podemos lavá-las e usar a maioria por mais de um dia. As malas vão no porta-malas. Assim que eu virar a caminhonete e entrar de ré com ela na garagem, coloque nela toda a comida que tivermos na cozinha. As caixas-térmicas estão na cozinha. Eu vou abaixar os bancos traseiros para aumentar o espaço. Vamos parar no supermercado no caminho, quando estivermos saindo da cidade. Agora, vá...rápido!

Phyl concordou e as crianças correram para o quarto para fazer as malas. Quando comecei a me afastar minha esposa me puxou.

— Nós vamos ficar bem, certo Paul?

— Eu realmente espero que sim, Phyl. Mas não vou mentir para você, eu realmente não sei.

Eu soltei a mão dela e fui em direção a caminhonete. Fiquei de olho no cortador de grama o tempo todo enquanto manobrava e entrava de ré na garagem. Quando saí do veículo e comecei a dar a volta nele, olhei sem querer na direção da janela do andar de cima da casa dos Johnson.

Lá eu vi uma das criaturas, mas essa tinha pelo menos 30 cm de comprimento. Estava agarrada ao vidro, batendo nele com sua única antena. Uma de suas seis pernas era enorme, com uma espécie de garra em forma de pinça na ponta. Conforme a observava, ela levantou a garra e bateu ela com força contra a janela, fazendo um som agudo. O vidro resistiu, mas se aquela criatura crescesse ou ficasse um pouco mais forte o vidro quebraria.

E então estaria livre.

Será que era isso que estava debaixo do cortador de grama, esperando uma oportunidade de escapar quando o sol se fosse? E quanto aos outros que ainda estavam trancados dentro da casa do Ralph e da Catherine? Será que também estavam procurando maneiras de escapar? É claro que estavam! Mas, a menos que uma janela estivesse aberta ou que houvesse algum duto de ventilação que desse diretamente para fora da casa, eles não conseguiriam sair. Não antes do pôr do sol. Afinal, como eles respiravam, eclodindo dentro dos corpos das pessoas daquela maneira? Se conseguem ficar sem respirar dentro de um corpo, será que não conseguiriam...?

Comecei a correr, de repente, em direção à casa. Quando abri com força a porta da cozinha, que dava para a garagem, notei que Phyl estava enchendo as caixas-térmicas com gelo e mantimentos.

— Onde estão as crianças? — perguntei agitado. — Rápido! Onde elas estão?

Sem entender o que estava acontecendo, Phyl disse:

— Nos quartos delas, eu acho. Qual o problema?

— Venha! — gritei enquanto corria pelo corredor em direção às escadas.

Quando passei pelo lavabo do andar de baixo, parei de repente, e Phyllis parou atrás de mim. Eu estava observando e ouvindo tudo com o máximo de atenção possível.

Havia algo dentro da privada. Eu conseguia ouvir o barulho da água movimentando-se baixinho.

A tampa levantou-se alguns centímetros e então fechou-se com uma batida.

— Meu Deus — sussurrou Phyllis, com uma voz aterrorizada.

— Vá lá em cima e veja se as crianças estão usando os banheiros — sussurrei.

A tampa levantou-se novamente por alguns centímetros e então fechou-se com uma batida de novo.

— Vá! — sussurrei com urgência.

Phyllis correu em direção à escada.

Agora eu tinha que lidar com o problema de como prender aquela coisa na privada. Pensei rápido e quando a tampa levantou-se e fechou-se novamente, fiz a única coisa em que consegui pensar na hora.

Apertei a descarga.

Ouvi o barulho da criatura espirrando água e debatendo-se e imaginei ela rodopiando enquanto a água esvaía-se pelo buraco.

Nosso quarto de hóspedes ainda tinha uma televisão de tubo colorida antiga de trinta e duas polegadas, que pesava pelo menos 25 quilos. Tirei ela da tomada, removi o fio, levei-a até o banheiro e coloquei aquele trambolho pesado sobre a tampa da privada.

Um resolvido. Faltam dois, e ambos estão lá em cima.

— *Paul*! Venha aqui, rápido! — gritou Phyllis do topo da escada.

Corri o mais rápido que pude e parei no caminho somente para pegar um taco de golfe que estava junto com outros numa sacola de coisas que pretendia vender mas ainda não tinha tido tempo. Voei escada acima e encontrei Phyllis e Clarissa no corredor em frente a porta do banheiro das crianças.

Keith estava lá dentro sendo empurrado para cima e para baixo conforme a tampa da privada onde estava sentado movia-se.

A criatura que estava dentro do vaso devia ser bem maior, pois Keith pesava cerca de 37 kg. Ele estava tendo dificuldade em manter o equilíbrio cada vez que era balançado e parecia aterrorizado.

— Segure firme, companheiro! — gritei.

— Corri até o nosso quarto e abri o guarda-roupas. Na prateleira mais alta, tateei até encontrar minha espingarda de cano duplo, calibre doze. Eu puxei-a para baixo e abri-a rapidamente. Tateei a prateleira novamente e encontrei a caixa de madeira que usava para guarda as munições da espingarda, do meu rifle e do meu revólver .357, modelo 19 da Smith & Wesson. Enchi a mão com os cartuchos da espingarda, carreguei dois e voltei para o banheiro.

— Phyllis, quando eu der o sinal você agarra o Keith e carrega ele para fora do banheiro o mais rápido possível. Se eu precisar, vou atirar naquela coisa, mas talvez seja possível simplesmente fechar a porta do banheiro e deixa-la trancada lá dentro até que consigamos sair de casa.

Phyllis concordou.

— Tudo bem, esteja preparado e tenha cuidado, Paul.

Eu balancei a cabeça concordando e posicionei a espingarda. Phyllis entrou no banheiro e abriu os braços preparando-se para segurar Keith.

Eu também me posicionei e disse:

— *Agora!*

Nesse momento tudo parecia movimentar-se em câmera lenta, apesar de ter durado apenas poucos segundos.

Phyllis agarrou nosso filho e correu para a porta do banheiro. Ela tinha dado dois passos quando tampa da privada explodiu para cima espirrando água por todo o lado, e a criatura pulou de dentro dela aterrissando no chão do banheiro. Phyllis conseguiu sair, e a criatura virou-se na minha direção, posicionado no vão da porta do banheiro. Não tive tempo de pegar na maçaneta e fechar a porta, pois pude perceber que sua musculosa pata traseira estava se preparando para mais um salto. Essa coisa era do mesmo tamanho que um cachorro pequeno. Phyllis e Keith mal tinham se afastado da porta quando mirei na criatura e puxei o gatilho. O tiro acertou-a em pleno ar e ela explodiu em uma gosma preta que cobriu toda a parede do banheiro. A cabeça da coisa foi parar na cortina do chuveiro e escorregava lentamente por ela em direção a banheira, deixando um rastro preto e pegajoso por onde passava.

O barulho do tiro dentro do cômodo pequeno fora extremamente alto e meus ouvidos ainda estava zunindo. Eu podia ouvir as crianças e Phyllis chorando. Então ouvi Phyllis gritar e vi-a apontando em direção ao nosso quarto.

Phyllis e as crianças estava andando de costas desengonçadamente, tentando se afastar da criatura. Os três gritavam e choravam, e a cena indicava que a situação iria se tornar confusa e desesperadora.

Posicionei a espingarda novamente e mais uma vez puxei o gatilho. A criatura também explodiu na mesma gosma preta.

Eu virei em direção a porta do banheiro para fechá-la e quando segurei a maçaneta vi pequenas criaturas movendo-se na gosma preta. Todas elas estavam indo em direção à porta do banheiro. Eu bati a porta e percebi que mais das criaturas filhotes estavam vindo pelo corredor, saídas dos restos da segunda criatura.

— Chega, foda-se isso tudo! Nós vamos embora *agora*! — gritei para Phyllis e as crianças.

Phyllis agarrou a mão da Clarissa e eu peguei a de Keith. Descemos a escada. Disse a eles que agarrassem o que conseguissem e levassem para o carro. Fui dar uma olhada no lavabo do térreo, e a televisão pulava para cima e para baixo. Alguma coisa com certeza estava tentando sair. No momento em que fechei a porta pude ouvir a antiga e fiel Sanyo atingir os azulejos, e algo bateu na porta do lado de dentro.

Eu não queria ver o que era.

Corri até a cozinha, desejando ter meu rifle comigo. Meu revolver .357 estava escondido no pote de biscoitos em cima da geladeira; consegui pegá-lo e prendi-o a cintura da calça, nas minhas costas. A caixa-térmica estava praticamente cheia, então terminei de enchê-la com comida congelada, principalmente carnes, e fechei a tampa. Peguei-a e carreguei-a até a caminhonete.

Phyl já tinha colocado as crianças com segurança no banco de trás do carro. Se conseguíssemos sair do supermercado a salvo, uma das crianças iria na caminhonete comigo.

— Tudo bem, Phyl, vamos parar no Supermercado McKelvie's. Deixe seu celular à mão, caso não pareça seguro não vamos entrar.

Phyl concordou.

— Tudo bem Paul. Por favor, tenha cuidado.

Balancei a cabeça positivamente e entreguei-lhe a espingarda carregada. Também dei-lhe todas os cartuchos restantes...sete. Pode ser que tenhamos que fazer mais uma parada antes de irmos para o chalé, para comprar mais munição e roupas.

O chalé tinha eletricidade. Fora dos meus pais antes. Depois que um dos meus livros vendeu muito bem, eu instalei painéis solares fotovoltaicos, assim como aerogeradores, então teríamos eletricidade...o suficiente para pelo menos ligar a geladeira e o congelador, e talvez mais algumas outras coisas.

Quando entrei na caminhonete não pude evitar olhar uma última vez para a casa dos Johnson. A criatura ainda estava na janela do andar de cima e parecia maior. Ainda batia a garra contra o vidro, e naquele momento enquanto a observava o vidro rachou.

Meu lindo cortador de grama novo balançava para frente e para trás, como se alguma coisa estivesse tentando escapar ansiosamente.

Sim, agora era definitivamente a hora de ir embora.

Dei partida na caminhonete e saí da garagem para a rua. Phyllis me seguiu praticamente grudada na minha traseira. Olhei para as outras casas da vizinhança, não pude evitar.

Não vi nada de estranho na casa dos Miller, mas tinha uma criatura bem grande na janela do andar de cima da casa dos Taylor. Eles moravam bem em frente os Johnson em uma casa de esquina. Parecia que as criaturas tinham viajado pelo esgoto até a nossa casa e as outras duas, do outro lado da rua. Pode ser que tivessem ido mais longe, mas eu não ia voltar para descobrir. Virei na Oak, que nos levaria até o subúrbio da parte oeste da cidade, onde ficavam todas as lojas grandes. O Supermercado McKelvie's ficava lá, e na mesma rua havia uma loja de materiais esportivos que também vendia munição. Se tudo parecesse bem, Phyllis ia comprar a comida enquanto eu comprava munição, pelo menos mais uma espingarda e uns dois rifles. Agradeci a Deus por não ser necessário esperar para comprar esse tipo de arma longa.

Meu telefone tocou. Era Phyl.

— Paul, como a caminhonete está de gasolina? — ela perguntou depois que eu atendi.

Olhei para o medidor.

— Ainda tenho cerca de um quarto de tanque.

— É mais ou menos o mesmo que temos aqui — ela respondeu.

— Tudo bem, nós paramos para abastecer no caminho, depois que passarmos no McKelvie's.

— O que você achar melhor, querido. Você pensou em ligar o rádio?

Eu mentalmente dei-me um tapa na testa.

— Não, sinceramente não tinha pensado nisso.

— Você se importa? Eu não quero ligar o meu por duas razões óbvias — ela disse. Sabia que estava se referindo às crianças.

Liguei o rádio e apertei o botão para procurar uma estação. Quando encontrei uma que tocava música, apertei novamente. Finalmente encontrei uma rádio local somente de notícias.

...por toda a parte leste da cidade. Caso esteja indo nessa direção, não pegue a via expressa. Caso esteja indo para o oeste, em direção às montanhas, tudo parece estar tranquilo por hora. Não sabemos muito sobre os insetos, mas temos relatos chegando de toda parte. Parece que eles foram vistos primeiramente nos arredores da parte leste da cidade, e têm progredido constantemente em direção ao oeste. Os oficiais de segurança dizem que os insetos crescem depois de regurgitados pelos infectados. Eles são carnívoros e canibais. Autoridades estão procurando uma maneira de matá-los, mas não obtiveram sucesso até o momento. Ninguém sabe de onde vieram, e sequer se são deste planeta. Pelo menos, nenhuma fonte oficial dividiu nenhuma informação a respeito disso. Mais uma vez, caso você esteja tentando sair da cidade, fique longe da via expressa da zona leste. Há um engavetamento gigantesco que se estende por 1,5 km ou mais...

Eu desliguei o rádio e liguei para Phyllis. Quando atendeu, contei o que ouvira no rádio e disse:

— O que quer que façamos, precisamos correr até o mercado, há ainda pelo menos mais dois lugares onde quero passar. Precisamos de munição e de um notebook, pois não tive tempo de pegar o meu.

Eu conseguiu ver Phyl concordando com a cabeça pelo espelho retrovisor, então ouvi sua voz.

— Tudo bem, Paul. E podemos abastecer ambos os veículos um pouco mais ao oeste, se não se importar.

Dei uma risada descontente.

— Não me importo nem um pouco. Espero que a onda de insetos desacelere um pouco quando sairmos da cidade.

— Eu também, querido.

Nós desligamos.

O ESTACIONAMENTO NO McKelvie's não estava lotado, e eu podia ver pessoas andando dentro do estabelecimento. A loja de materiais esportivos Michael's também estava aberta e também havia algumas pessoas lá dentro. Estacionei e Phyllis estacionou ao meu lado. Todos saímos dos veículos e nos encontramos no local onde ficavam parados os carrinhos.

— É isto que precisamos fazer. Keith, você vai vir comigo até a Michael's. Clarissa, vá com a sua mãe e faça um estoque de enlatados. O máximo que conseguirem. Vegetais, carne enlatada, frutas...simplesmente tudo. Também molho de tomate, macarrão e queijo parmesão. Coisas que não precisam de refrigeração. Pegue também manteiga, pois pode ser congelada, e alguns litros de leite...

Phyllis levantou a mão.

— Porque você e o Keith não vão comprar os equipamentos necessários e depois encontram conosco dentro do McKelvie's. Desse jeito, eu e você podemos encher um carrinho cada um, o que deve ser o suficiente para todos nós.

Sorri para minha esposa. Típica contadora, usando raciocínio lógico novamente. — Sim, senhora. E, Phyl?

— O que foi, querido?

Beijei-a e disse:

— Mantenha os olhos abertos. — Olhei para baixo em direção a nossa filha. — Isso vale pra você também, Rissa.

— Tudo bem, papai — disse Clarissa.

Seguimos nossos caminhos; eu e Keith fomos em direção a Michael's.

Capítulo 3

Havia dois homens dentro da Michael's, um estava atrás do balcão e o outro estava simplesmente olhando pela vitrine.

Keith e eu fomos em direção ao homem atrás do balcão.

— Boa tarde, rapazes! Em que posso ajudá-los? — disse o homem.

Sorri para ele.

— Boa tarde. Nós precisamos de uma espingarda e dois rifles, e munição também.

— Que tipo de espingarda estão procurando? Tenho uma que está com um preço ótimo, somente nesta semana, é Russa, calibre 12 de tiro único, por somente 100 dólares.

Balancei minha cabeça.

— Não, eu preciso de uma tipo Pump, com tubo carregador com capacidade para cerca de 10 cartuchos.

O homem sorriu.

— Tenho uma que acho que irá gostar. — Ele foi em direção a um dos suportes na parede e pegou uma bela arma. — Dê uma olhada nesta. — Ele entregou-a para mim.

Dei uma olhada, grato por minha família sempre ter mexido com armas, tanto para caçar como por esporte. Eu amava armas e adorava praticar tiro ao alvo. Keith já praticava por um pouco mais de um ano, e eu acabara de dar a segunda aula para a Clarissa. A habilidade corria no sangue da família, e os dois estavam aprendendo com muita facilidade, como um pássaro que aprende a voar.

Mostrei ao Keith como e onde carregar a arma, e como fazer para mandar o cartucho para a câmara.

Entreguei-a de volta para o homem e disse que iríamos levá-la.

— Ótimo! Essa é a espingarda! Então me diga, que tipo de rifle te interessa?

— Eu quero uma .30-06. Aquele ali é um SKS com coronha de madeira? — Apontei para o rifle a que eu me referia.

— Bom olho! Sim, é um soviético. Usa munição 7.62 x 54mm. Veio com um tubo carregador com capacidade para trinta cartuchos, e acho que tenho mais um no estoque. A única marca de .30-06 que eu tenho é Remington, com capacidade para dez cartuchos.

— Vou levar. — Peguei um bloco e fiz algumas anotações. — Aqui está a lista de munição que preciso, vou levar tanto quanto puder me vender.

O homem assoviou.

— O senhor acaba de fazer a minha semana! Meu nome é Michael Hayes. Sou o dono da loja — disse estendendo a mão.

Apertei a mão dele e disse:

— Meu nome é Pau Stiles. Esse é o meu filho, Keith.

Michael inclinou a cabeça.

— Paul Stiles, o escritor?

Concordei.

— Ora mas veja só, não acredito! Estava lendo seu último livro agora mesmo. — Ele apontou para a um tablet que tinha largado no balcão quando nós entramos.

Eu sorri.

— Muito obrigado. Espero que esteja gostando.

— Com certeza! Sou mesmo fã do seu trabalho! — Ele pegou alguns formulários e entregou-os para mim. — Aqui está, toda a papelada. Também preciso do seu RG para checar os seus antecedentes.

Entreguei-lhe meu documento e preenchi toda a papelada enquanto ele ligava para verificar meus dados.

Quinze minutos depois já estava pagando por todo o equipamento. Eu estava apoiado no balcão quando, sem querer, vi algo meio escondido debaixo de uma prateleira.

Era um sinalizador, ainda na caixa original.

Michael somou o total das minhas compras e estava prestes a me dizer o total quando eu disse:

— Vou levar aquele sinalizador também...e todos os outros que você tiver no estoque.

— Senhor Stiles, você acaba de pagar o meu aluguel do mês inteiro — respondeu Michael, enquanto acrescentava os itens ao total da minha conta.

Coloquei tudo no cartão de crédito. Entreguei os dois rifles para o Keith e coloquei a espingarda debaixo do meu braço. Comprei também outra caixa de madeira para guardar munição, e estava cheia até a boca. Michael pegou o restante de nossas compras e disse:

— Vou ajudá-los a carregar isto tudo.

Saímos pela porta da frente e o outro homem ainda estava olhando pela janela parado no mesmo lugar.

Perguntei ao Michael se o homem estava bem, e ele respondeu:

— Acho que sim. Ele chegou aqui mais cedo, disse que não estava se sentindo muito bem e perguntou se podia ficar por alguns minutos até que melhorasse. Eu disse que não havia problema nenhum nisso.

Concordei com a cabeça. Nós três seguimos em direção a caminhonete e colocamos todo o equipamento nela.

Enquanto guardávamos tudo, perguntei ao Michael o que ele pensava em fazer a respeito dos insetos.

Ele não sabia do que eu estava falando. Não ouvira nada, nem ligara a televisão ou o rádio o dia inteiro. Ele costumava navegar pela internet a noite, depois de fechar a loja e ir para casa.

Contei a ele sobre o meu dia e tudo que ouvira no rádio. Então contei para onde íamos. Ele estava incrédulo.

Keith o convenceu. Ele disse:

— Sr. Thomas, uma dessas coisas quase pegou eu e minha mãe. Veio pela privada e o papai atirou nela com a espingarda. Elas são grandes, feias e assustadoras. Tudo bem se não quiser acreditar, mas não desacredite por muito tempo, porque elas vão te pegar se não for cuidadoso.

Nós andamos até a frente da loja novamente. Nós três por acaso olhamos para cima ao mesmo tempo e vimos o homem que tinha ficado na loja.

Ele se inclinou e começou a vomitar uma quantidade sobre-humana de sangue e gosma preta.

— Meu deus — eu disse. — Keith, vamos buscar as garotas.

Michael, o dono da loja, estava olhando para a bagunça que o homem tinha feito na vitrine da frente. Criaturas pequenas estavam se contorcendo na gosma que havia espirrado no vidro e o homem estava caído no chão fora do nosso campo de visão. Michael parecia atordoado.

— Foi assim que eu comecei o meu dia — eu disse. Tomei uma decisão rápida. — Michael, você ainda tem algum tempo antes que essas coisas consigam se mover para fora da gosma. Se você quiser vir conosco, nós vamos pegar o que pudermos, *enquanto* pudermos, da loja. O convite está feito, cara. Mas você precisa decidir rápido.

— Minha van está estacionada logo ali. Vou levá-la até a parte de trás da loja, e você me ajuda a carregar toda a artilharia — disse Michael.

— Combinado — respondi. E disse para o Keith:

— Vá encontrar sua mãe e conte a ela o que aconteceu. Diga que o Michael vai com a gente e que vamos para o mercado assim que acabarmos de carregar toda a artilharia na van.

— Está bem, pai. — Keith respondeu com os olhos arregalados, assustado com toda a gosma. Bem, era inevitável que ele visse isso acontecer mais cedo ou mais tarde, na velocidade que as coisas estavam evoluindo. E lá foi ele procurar a mãe no McKelvie's.

Michael parou a van em frente à loja. Quando saiu do veículo e me encontrou na porta, disse para ele:

— Não pise no sangue, nem na gosma preta. Eu vi um policial fazer isso hoje, e uma daquelas criaturas subiram nele, entraram embaixo da calça e dentro da perna dele. Não tem como eu ressaltar o suficiente como essas criaturas são perigosas e como se tornam piores ainda.

— Tudo bem, vamos fazer isso. Do que precisamos além da artilharia? Tenho rações e outros equipamentos para sobrevivência.

— Vamos levar tudo isso, com certeza, e tudo mais que talvez possamos usar.

Olhamos um para o outro e entramos na loja.

Aquele cheiro familiar me atingiu novamente. Michael passou mal com o cheiro ou por causa da gosma, não tenho certeza qual foi o motivo exato. Qualquer um dos dois com certeza era suficiente. O sangue e a gosma haviam espirrado, mas a maior parte estava na vitrine e no vidro. Muito pouco espalhara-se no chão, por isso fiquei grato.

Você nunca viu dois homens carregarem uma van tão rápido quanto nós fizemos. Pegamos caixas-térmicas, cantis e até mesmo sacos de dormir. Havia muitas caixas de ração, e pegamos todas que estavam no estoque. Carregamos as armas, a munição e protetores auriculares. Também levamos óculos de proteção, facas de caça, arcos e flechas. E de alguma maneira conseguimos colocar tudo isso na van.

Quando saímos da loja, as criaturas tinham acabado de cair para fora da área que delimitava a vitrine e estavam se movendo pelo chão. Michael fechou a porta e trancou-a bem.

— E agora, Paul? — ele perguntou.

— Vamos estacionar a sua van ao lado do meu carro e da minha caminhonete e depois entramos no McKelvie's. O que acha?

Michael concordou.

— Acho ótimo.

Estacionamos a van e entramos no mercado.

Não estava nada lotado. Havia poucos clientes na loja, menos que o normal. Passamos por um dos empacotadores, e disse pra ele:

— Está devagar por aqui hoje.

O garoto concordou.

— Sim, Senhor, está mesmo. Não sei o que está acontecendo, mas tivemos poucos clientes a tarde inteira.

— Uau — eu disse, ou algo do tipo.

Michael e eu pegamos um carrinho cada um e começamos a procurar Phyllis e as crianças. Ao passarmos pelo corredor dos sucos, Michael perguntou:

— Acha que devemos levar alguns desses também?

Concordei.

— Mal não vai fazer, certo? Não sabemos por quanto tempo ficaremos no chalé, então, pegue à vontade.

Michael começou a encher o carrinho dele, e continuei procurando a Phyllis. Ela e as crianças estavam dois corredores à frente, em frente às sopas enlatadas.

— Papai! — gritou Clarissa empolgada.

— Oi, pai! — disse Keith. — Conseguiram pegar tudo que precisamos?

— Com certeza conseguimos, filho! Michael tem uma van e está lotada de coisas! Olá, querida. — disse para Phyllis. Passei o braço ao redor de seus ombros e beijei-a.

— Então, fiquei sabendo que fez um amigo — ela disse.
Concordei.

— Ele vai com a gente, Phyl. Com certeza a ajuda será útil. E os suprimentos.

Em uma voz baixa ela disse:

— Foi muito feio?

— Foi. Os insetos tinham acabado de sair da poça de gosma quando terminamos.
Ela balançou a cabeça como se dissesse "inacreditável".
— Pois é, precisamos correr. Eu não quero estar aqui quando ficarem maiores — eu disse.
Phyl tinha dois carrinhos. Um estava cheio pela metade e o outro, que estava com as crianças, estava lotado de comida enlatada, garrafas de água e outras coisas que durariam por bastante tempo, como biscoitos e macarrão.
Ela também tinha pegado leite em pó. Eu sequer tinha pensado nessa possibilidade.
— Paul, devemos ir, então? — Phyllis perguntou; a preocupação estampada em seu rosto.
— Não, ainda temos tempo. Mas vamos nos apressar.
Enchemos o carrinho dela e o meu e nos encontramos com Michael, que tinha enchido o carrinho dele com suco e outros alimentos não perecíveis.
Quando chegamos aos caixas, somente dois estavam abertos. Um era operado por uma adolescente e o outro por uma mulher de meia idade. Os dois estavam livres, escolhemos o da adolescente e Michael foi para o outro. Os dois empacotadores adolescentes começaram a guardar nossas compras.
— Nossa! Vocês realmente estão levando bastante coisa! — disse a nossa caixa. A placa de identificação que ela usava dizia "Teresa". — Acho que nunca passei tanta coisa de uma vez só, para o mesmo cliente! — Ela finalizou a compra, e eu estava pagando com o cartão quando Clarissa me cutucou.
— Papai —, ela sussurrou.
— O que foi, querida?

—Olha —, ela sussurrou novamente e apontou em direção ao fundo da loja.

Sobre o vidro do balcão de carnes estava um inseto. Mas esse era um tipo novo de inseto, um que eu nunca vira.

Ele tinha asas. Elas eram longas e que pareciam poderosas, com membranas transparentes e veias que corriam por toda ela. Também tinha uma espécie de tromba longa e que parecia afiada, além de uma única antena que saía do centro da cabeça. Os olhos, pelo que conseguia ver àquela distância, eram totalmente pretos. Sua atenção estava voltada para a carne dentro do balcão. Enquanto o observava, pulou sobre as carnes e começou a espetar sua tromba nos pacotes. Tinha aproximadamente o mesmo tamanho de um Terrier.

— Ah, merda —, sussurrei.

Phyllis me ouviu, e Teresa também.

— O que foi, Paul? — perguntou Phyllis.

Coloquei meu dedo sobre os lábios, fazendo o gesto universal de silêncio e apontei para trás.

Phyllis olhou por um momento, mas não viu nada. Então a coisa se mexeu e capturou sua atenção. A cor sumiu de seu rosto.

— Paul —, ela disse em voz baixa — Nós precisamos tirar essas pessoas daqui... leve-as conosco.

Eu calculei o espaço que tínhamos e concordei. Havia espaço suficiente.

Teresa se inclinou para frente para ver o que estávamos observando. Quando viu, inspirou fundo como se estivesse prestes a gritar. Coloquei minha mão sobre a boca dela e comecei a sussurrar.

— Teresa, não grite. Eu não sei o que atrai essas coisas, mas não podemos arriscar atraí-la com barulho. Você entendeu?

Ela concordou com a cabeça. Enquanto falava com ela, Phyllis conseguiu a atenção do empacotador e mostrou o inseto para ele. Michael também viu e mostrou-o para a mulher de meia idade, Millie era o que dizia seu crachá. As crianças mostraram-no para o outro empacotador.

Agora, escutem com atenção —, eu disse. — A cidade inteira está sendo tomada aos poucos por esses insetos, está na televisão e no rádio. Eles estão indo do leste para o oeste. Nós temos um chalé nas montanhas. É para lá que estamos indo, Michael está indo também. Nós queremos que venham conosco, em silêncio, porque aquela coisa em breve terá companhia. Precisamos ir agora. Deixem tudo e vamos.

Teresa, Millie e o nosso empacotador, Richie, concordaram com a cabeça e começaram a nos ajudar a empurrar os carrinhos. O outro empacotador, Tommy, não estava convencido.

— Eu não tenho medo de inseto— disse ele em tom desafiador, com toda a pompa que só um garoto de 17 anos é capaz — Eu vou matar essa porra.

Eu parei e sinalizei para que os outros continuassem. Eles saíram pela porta e me virei para Tommy.

— Tommy, eu não faço ideia do que aquela coisa é capaz de fazer, mas eu realmente acho que você deveria reconsiderar, rapaz — disse em voz baixa. — Você não precisa provar nada pra ninguém, tudo bem? Agora, vamos embora.

— Foda-se esse bicho! E foda-se o senhor também! — Tommy pegou um esfregão da vitrine. Ele quebrou a ponta do esfregão, separando-a do cabo e bateu no chão com ele. — Nenhuma porcaria de inseto vai me afugentar!

Eu consegui ver por um momento algo que parecia mover-se extremamente rápido pelo ar, e o inseto passou por Tommy e bateu na vitrine. Ele se recuperou e voou novamente na direção de Tommy, que balançava o cabo do esfregão tentando acertar a criatura sem sucesso.

Então, ouvi um barulho que me arrepiou por inteiro. Parecia o som de uma colmeia, mas amplificado. Era tão alto que fazia o chão vibrar e estava vindo da mesma direção do balcão de carnes.

— Tommy! — eu gritei da saída. — Precisamos ir *agora*! — E saí agachado pela porta, que fechou-se automaticamente atrás de mim.

Ouvi Tommy gritar:

— Não mesmo!

Olhei para trás enquanto corria e vi três dos insetos voadores circularem Tommy. Parei, fascinado com a cena. Eles voavam em círculos cada vez menores ao redor da cabeça dele. Ele sacudia o cabo do esfregão, mas não conseguia acertar nenhum dos insetos. Finalmente, um deles voou perto o bastante para acertar a cabeça do Tommy. Deve tê-lo mordido quando o atingiu, pois um jato de sangue começou a sair da cabeça dele. Ele pareceu ficar atordoado com a pancada e continuou balançando o cabo inutilmente. Outro inseto, ou talvez o mesmo, atingiu-o novamente e derrubou-o no chão. O inseto saiu do meu campo de visão, seguido pelos outros dois. Eu não voltei para ver o que tinha acontecido.

Corri até os veículos enquanto balançava minha cabeça.

Teresa perguntou timidamente:

— O Tommy não vai vir?

— Não, o Tommy não vai vir — respondi.

Teresa começou a chorar em silêncio.

Carregamos tudo nos três carros. Quando acabamos, pensei que seria impossível colocar qualquer coisa a mais dentro deles. Ao entrarmos neles, o sol já começava a tocar o horizonte.

Ouvimos um barulho alto. Vinha do McKelvie's e parecia o barulho de algo batendo contra a enorme vitrine. Todos nós viramos para olhar e o que vimos nos gelou a alma.

Não havia um espaço vazio no vidro do lado de dentro da loja. Os insetos voadores cobriam toda a sua extensão, batendo suas asas e mudando constantemente de posição. Era possível ouvir também o som de batidas, e percebi que alguns dos insetos estavam batendo no vidro com suas trombas. Se todos começassem a bater juntos, o vidro quebraria. Ou podiam encontrar a porta automática, o que seria ainda pior.

— Tudo bem, hora de ir embora —, eu disse.— Não vamos pegar a via expressa porque é uma questão de tempo antes que fique completamente bloqueada. Vamos pegar a estrada 72 direto até Pine Valley, nas montanhas. E iremos de lá até o chalé. — Eu comecei a entrar na caminhonete e então voltei. — Precisamos parar para abastecer, tem uma cidade no caminho, Murray, a 32 km daqui. Vamos parar lá.

Uma rápida olhada na direção da loja de equipamentos esportivos do Michael nos mostrou ainda mais. A vitrine inteira estava coberta com criaturas do tamanho de ratos.

Eu guiei o caminho até a saída do estacionamento. Keith e Richie estavam comigo no banco da frente. Phyllis era a próxima na fila, dirigindo o carro. Ela levava Clarissa e Teresa com ela. Por último estava Michael, dirigindo a Van, com a Millie no banco do passageiro. Não pegamos mais nenhum carro pois seria complicado para abastecer mais de três veículos. Além disso, não queríamos ficar muito espalhados uns dos outros. Tínhamos todos trocado números de celular, e o Michael pegara alguns rádios portáteis que tinha no estoque. Cada um levava consigo um desses, além de uma bateria nova, para mantê-los ligados o tempo todo. O alcance não era dos melhores, mas era melhor do que nada, caso os celulares parassem de funcionar.

Ligamos o rádio. A rádio que só passava notícias não estava no ar, mas as outras estavam. A história havia se tornado grande o bastante para que o alerta de emergência fosse ativado.

... e todos devem permanecer dentro de casa. O Presidente ordenou que a Guarda Nacional seja ativada em todos os cinquenta estados para tentar conter o avanço dos insetos. Parece haver diversas espécies, e eles não são realmente insetos. Essas criaturas possuem pulmões e são de sangue quente. Cientistas suspeitam que elas tenham pegado carona até a Terra em um meteoro, apesar de serem muito semelhantes aos insetos do período Jurássico e outros períodos pré-históricos. O DNA está sendo codificado por cientistas de alto escalão, em um esforço para descobrir...

Eu desliguei o rádio.

Percebi que Richie estava segurando seu telefone.

— Richie, você quer tentar ligar para os seus pais, ou algo do tipo? — perguntei.

Richie olhou pela janela por alguns instantes antes de responder.

— Eu liguei, os dois telefones caíram direto na caixa postal. — Ele virou-se para mim com lágrimas nos olhos. — Nós moramos em um dos subdistritos, Maple Meadows.

Isso ficava a quatro quadras de distância da nossa casa.

— Talvez eles estejam no trabalho, Richie — eu disse.

— Os dois trabalham a tarde, Sr. Stiles. Eles não entram antes das sete.

Fiquei olhando a estrada por alguns momentos.

— Sinto muito, rapaz.

— Obrigado, Sr. E obrigado por nos salvar.

Seguimos em silêncio por alguns minutos.

Keith disse:

— Pai, este é o fim do mundo?

Eu sorri e respondi:

— Não, Keith.

— Mas e se os insetos matarem todo mundo?

— O mundo irá continuar. Além do mais, não estamos mortos ainda. E não estaremos, se depender de nós.

Capítulo 4

Paramos em Murray para abastecer. A pequena loja de conveniências parecia aberta, as luzes estavam acesas e todas as bombas de gasolina estavam funcionando, mas não havia ninguém lá dentro...pelo menos ninguém que pudéssemos ver.

Havia bombas suficientes para que todos pudéssemos parar sob o letreiro iluminado. Phyllis abasteceu seu carro, Michael fez o mesmo com a van e Richie abasteceu nossa caminhonete. Eu fiquei de pé ao lado, mantendo guarda. Estava apavorado com a possibilidade de sermos atacados em um lugar aberto.

— Todo mundo, encham os tanques completamente! — eu disse. — Não queremos parar novamente até chegarmos no chalé!

Me senti ensinando o padre a rezar a missa. Todo mundo já sabia que deveria abastecer totalmente. Era apenas o meu nervosismo que me fazia dizer isso em voz alta.

Não expressar o quanto aqueles insetos voadores me deixaram nervoso. Desde que os vimos pela primeira vez, a expressão "ataque aéreo" não saía da minha cabeça. Insetos rastejantes eram uma coisa, mas insetos voadores representavam um conjunto de circunstâncias completamente diferente. O sol havia se posto, mas ainda estava claro. Claro o suficiente para ver o céu, e não havia nenhum inseto voador nele.

A informação que ouvimos no rádio girava na minha mente: os insetos tinham pulmões e eram de sangue quente. Os cientistas sempre disseram que a razão pela qual os insetos não cresciam era porque não tinham pulmões. Será que esses insetos foram modificados em algum laboratório e fugiram? Ou seriam mutações que se mantiveram escondidas até que se multiplicaram o suficiente? Ou, por mais absurda que pareça essa ideia, será que realmente pegaram carona em um meteoro e vieram de algum lugar no espaço?

Ninguém parecia saber com certeza. Com o tempo, os cientistas do governo mapeariam o DNA dessas coisas e assim talvez teriam uma ideia melhor do que se tratavam. Mas o que podíamos fazer enquanto isso?

Balancei minha cabeça, tentando de maneira simbólica me livrar desses pensamentos. Preciso focar no aqui e agora, e manter essas oito pessoas vivas. Nessa situação na qual nos encontramos, não se trata de viver um dia de cada vez, ou uma hora de cada vez. É uma questão de um minuto de cada vez.

— Já estamos abastecidos, Paul! — gritou Phyllis. — Precisamos entrar na loja para alguma coisa?

Todos nós pagamos pela gasolina com o cartão de crédito, então respondi:

— Não, a menos que haja algo de que precisamos.

Michael então se manifestou.

— Um café não seria nada mal agora.

— Também acho — concordou Millie.

E aparentemente todo mundo queria beber alguma coisa.

— Tudo bem, alguém precisa ficar aqui fora de guarda. Eu acho que deveria ser eu mesmo, ou o Michael — eu disse.

— Eu só preciso de um café preto grande —, disse Michael. — Então, se você me trouxer um, eu posso ficar vigiando.

Concordamos e entramos na loja.

Não havia ninguém lá dentro. Estava deserta, mas havia uma televisão sobre o balcão, e nela passavam imagens e vídeos do avanço dos insetos. Todos paramos e assistimos. Havia criaturas que se pareciam com centopeias, com mandíbulas gigantes em formato de pinça. Outras pareciam o resultado do cruzamento entre um mosquito e um pato, com uma tromba comprida, um bico e asas com penas. Havia vídeos da cidade sendo tomada, e muitos foram filmados por câmeras de segurança. Não havia nenhuma filmagem feita por um jornalista, provavelmente por causa do perigo.

A imagem então mostrou um âncora, e Richie encontrou o controle da televisão e aumentou o volume.

...e o exército islâmico sagrado no Iraque declarou-se responsável pela libertação desses monstros híbridos, chamados de "Infiéis ocidentais". Há indícios de que cientistas russos, sob o controle da máfia russa, desenvolveram essas criaturas por dinheiro. O governo do Iraque nega qualquer envolvimento e denuncia a ação...

— Isso é o bastante —, eu disse. — Desligue isso, por favor, Richie.

Ele obedeceu.

— Bom, isso explica de onde vieram —, disse Phyllis. —São mutações genéticas criadas por algum imbecil russo. Mas como conseguiram se multiplicar tanto e tão rápido?

— Eu não sei e não quero saber —, respondi. — Vamos pegar logo o que precisamos e cair fora daqui.

Ninguém se opôs. Todos escolhemos nossas bebidas, e Millie pegou um café para o Michael. Na saída, Millie perguntou:

— Devemos pagar por essas coisas?

— Eu tinha uma nota de vinte na carteira. Peguei-a e deixei-a sobre a registradora.

— Isso deve ser o suficiente para pagar pelas bebidas —, eu disse. — Se ninguém pegar, a culpa não é nossa, nós não fizemos nada de errado. — Apontei para a câmera de segurança. — Ali está a prova de que pagamos, caso um dia seja necessário.

Quando saíamos da loja de conveniência, Michael parou-nos.

— Ouçam.

Prestamos atenção, mas não escutamos nada. Disse isso ao Michael.

— Você tem razão. Nada. Nenhum carro passando, nenhum cachorro latindo, nenhum barulho de pessoas de nenhum tipo —, disse Michael. —Não acha estranho?

Comecei a ficar nervoso.

— Acho. Vamos embora.

Ao passar por Murray, não vimos um único carro ou pessoa. Nem mesmo um cachorro.

A SITUAÇÃO ERA DIFERENTE em Pine Valley. Nossa pequena caravana era apenas uma no meio de muitas. Parecia que todo mundo de todo lugar estava passando pela cidade em busca de um lugar seguro, longe dos insetos que avançavam. O trânsito estava terrível, mas conseguimos nos manter juntos.

Usei o rádio para ligar para Phyl e Michael e disse:

— A entrada fica daqui a 2,5 km. Virem à direita na saída dezesseis. Ela vai para as montanhas. Depois disso, precisaremos pegar mais duas saídas. Vamos nos manter o mais próximo possível.

Os dois responderam afirmativamente.

Dirigimos na velocidade de uma lesma e nunca descobrimos a causa do congestionamento adiante, pois pegamos a saída dezesseis antes que pudéssemos. Depois de virar, começamos a subir. As montanhas rochosas são absolutamente lindas, mas a noite estava escura, e só conseguíamos ver onde o farol dos carros iluminava. Não encontramos nenhum tráfego de carros descendo a montanha.

Chegamos à primeira saída, e viramos na estrada Oito. Andamos por mais 4,5 km e viramos à esquerda em uma estrada de terra que levava até o chalé. Ali não havia postes de eletricidade ou de telefone poluindo a paisagem. Havia somente as montanhas, as árvores e os arbustos. E esperávamos que não houvesse insetos.

Quando viramos na última curva da Estrada de terra, o chalé apareceu. Era uma bela visão: um chalé de dois andares, em forma de A, com acabamento todo de madeira retirada das árvores da região. Fora construído pelo meu bisavô na década de 1930, quando ainda não havia ninguém morando na montanha. Agora, no entanto, tínhamos vizinhos. Duas mulheres dividiam outro chalé que ficava mais à frente do nosso. Elas moravam lá o ano inteiro, e sempre tivemos um relacionamento amigável com elas. As duas tomavam conta do nosso chalé quando estávamos fora, então, é claro que elas tinham a chave.

Havia três edículas no nosso terreno. Uma delas abrigava o poço e outra as baterias e o gerador à gasolina que usávamos quando não havia vento e o tempo estava nublado. Ele não era usado com frequência, mas tinha um botão automático que ligava quando a carga das baterias ficava abaixo de uma determinada quantidade. A terceira edícula continha uma câmara frigorífera de tamanho considerável. As pás dos dois aerogeradores, um no lado norte do chalé e o outro no sul, giravam com a brisa que vinha do topo da montanha. Havia vários painéis solares fotovoltaicos inclinados levemente para o sul. Com ambos os sistemas, raramente precisávamos usar o gerador.

A câmara frigorífera fora construída antes das crianças nascerem. Phyllis e eu decidimos passar um fim de semana de quatro dias no chalé muitos anos atrás, na última semana de setembro. Ela tirara a sexta feira de folga, assim como a segunda seguinte. Levamos comida suficiente para os quatro dias. No domingo à noite, uma nevasca chegou mais cedo que o esperado e nos deixou presos na montanha até a semana seguinte. Conseguimos economizar comida até que conseguimos deixar o chalé, mas, no verão seguinte, compramos a câmara frigorífica, mandamos entregar no chalé e construímos uma estrutura ao redor dela sobre um piso de concreto para mantê-la segura. Também estocamos suprimentos, e renovávamos o estoque todo ano. A câmara era a única coisa no chalé que funcionava o ano inteiro. Ela e a geladeira dentro do chalé.

Estacionamos os veículos um ao lado do outro, o mais próximo possível dos degraus da entrada. Saímos deles e alongamos nossos músculos, que estavam tensos. Ouvimos os sons da noite.

O barulho de sempre do vento descendo a montanha e das pás dos aerogeradores girando eram os dois sons principais. Nenhum som de insetos ou de animal algum chegava aos nossos ouvidos, vindo da floresta. Isso podia ser bom ou ruim.

A ausência de sons de insetos me incomodava, pensei. Na verdade, me causava arrepios.

Quando terminamos de nos alongar, reclamar, e relaxar nossos corpos doloridos, Michael disse:

— O que descarregamos primeiro?

— Nada, por enquanto —, eu disse.

— Algum problema, Paul? — perguntou Michael.

Dei de ombros.

— Só precisamos checar se está tudo certo primeiro. Venha comigo, vamos ver as edículas primeiro.

— Você é quem manda.

Cada um de nós pegou uma espingarda. Richie pediu uma também e entreguei-lhe. Ele começou a nos acompanhar, mas puxei-o de lado.

— Richie, preciso que fique aqui, por favor.

— Por que Sr. Stiles? — ele perguntou. — Eu posso dar conta de uma daquelas criaturas tão bem quanto qualquer um de vocês dois.

— Não tenho nenhuma dúvida quanto a isso, rapaz. — Apontei. — Olhe ali. Três mulheres e duas crianças. A Phyllis consegue atirar tão bem quanto eu, mas ela precisa de ajuda. Eu tenho o Michael. Phyllis tem você. Preciso que fique com eles e ajude a proteger o grupo. Entendeu?

Ele seguiu minha linha de pensamento e chegou a mesma conclusão.

— Você tem razão, senhor. Eu preciso ficar, você é bem inteligente para um escritor!

— Por isso que as pessoas dizem que somos especiais, Richie — respondi.

Fomos até o Michael novamente e eu disse:

— Michael, o Richie vai ficar aqui com o resto do grupo. Ele vai ajudar a Phyllis a manter todo mundo seguro.

Michael, Deus o abençoe, entendeu rápido a situação.

— Ótimo, uma coisa a menos para nós dois nos preocuparmos, com ele aqui. — Ele olhou para o Richie. — Não mire em nada em que você não queira atirar, e não atire em nada que você não queira matar. Ou ninguém. Você vai ficar bem, certo?

Richie concordou com a cabeça e segurou a espingarda junto ao corpo, apontando para cima.

— Sim, Senhor!

Fui até Phyllis.

— Nós vamos checar as edículas e depois o chalé. O Richie vai ficar aqui com você.

Phyllis me olhou nos olhos.

— Você tenha cuidado, Paul Stiles.

— Tenha cuidado também, Phyllis Stiles.

Beijei-a rapidamente nos lábios e fui em direção ao gerador. Eu tinha a chave do cadeado, então abri-o e depois de contar até três, abri a porta. Nada fora do comum lá dentro.

Seguimos então para o poço e fizemos o mesmo. Nada.

Fomos, então, até a câmara frigorífica. Verificamos lá dentro. Nada.

Agora era hora de checar o chalé. Por algum motivo que não podia explicar, eu estava nervoso. Estava arrepiado da cabeça aos pés. Então meu celular tocou.

Nos meses mais quentes do ano, o sinal de celular costumava ser bom no chalé. Uma das empresas de telefonia alugou um terreno na montanha e construiu uma torre lá. Também instalaram geradores e painéis solares para manter o equipamento funcionando. Mas quando nevava, nada disso funcionava.

Então, tínhamos serviço telefônico. Mesmo assim levei um susto quando ouvi o toque, pois me pegou de surpresa.

Olhei para o número, mas não o reconheci. Atendi.

— Alô? — eu disse.

— Stiles? Paul Stiles? — disse a voz no outro lado da linha.

— Sou eu — respondi.

— Aqui é o Bobby Barnes. Aquele convite para o chalé ainda está de pé?

Era o policial que eu conhecera mais cedo. Ele provavelmente saiu da cidade também.

— Com certeza, Bobby! Onde você está?

— Nós acabamos de pegar a saída dezesseis.

— Nós? — perguntei.

Bobby riu.

— É, peguei algumas pessoas pelo caminho. Você não vai acreditar no que um deles tem! Pode ser que nos ajude mais para frente!

— Você está a apenas alguns minutos de distância, Bobby. Continue subindo a montanha e quando chegar veremos o que fazer. O que acha?

— Parece bom. Já já estaremos aí!

— Ei, Bobby, procure pela minha esposa, Phyllis. Eu também trouxe mais algumas pessoas, e eu e mais um vamos checar o chalé agora, você sabe, para ter certeza de que é seguro.

— Nós já estamos chegando, Paul! Nós nos veremos em breve!

Desliguei e disse para o Michael:

— Preciso falar com a Phyl, venha comigo, você também precisa ouvir o que eu tenho a dizer.

Eu reuni todo o grupo e disse:

— Essa ligação que recebi agora foi daquele policial que me ajudou mais cedo. Esta manhã, eu o convidei para vir até aqui e dei-lhe o endereço. Ele acaba de pegar a saída dezesseis e deve chegar aqui a qualquer momento. Ele disse que também pegou algumas pessoas pelo caminho, e eu disse a ele que não havia problema. — Olhei para Phyl. — Disse a ele para procurar por você, pois eu e Michael vamos checar o chalé.

— Onde quer que estacionem? — ela perguntou.

— Perto do chalé. O mais perto possível.

Phyl concordou e me virei para Michael.

— Está pronto?

— Tão pronto quanto poderia estar —, disse Michael.

— Vamos lá, então.

Andamos até os degraus da entrada, que davam para a varanda. Subimos e paramos no tapete escrito "Bem-vindo", em frente à porta. Eu tentei girar a maçaneta antes de destrancar a porta. É um hábito que eu tenho do qual não consigo me livrar, sei porque já tentei.

A porta da frente estava destrancada.

Agora, veja bem, normalmente isso não significaria muito, nem me perturbaria. Poderia significar simplesmente que nossas vizinhas, Susan e Cheryl, esqueceram de trancar a porta depois vieram ver se estava tudo certo com o chalé. Mas, por alguma razão, desta vez isto me deixou perturbado. Me deixou extremamente perturbado.

Eu e Michael olhamo-nos e eu disse em voz baixa:

— Esteja preparado para qualquer coisa, colega.

Ele fez que sim.

Nós entramos. Ambos segurávamos nossas espingardas, pois elas causam mais dano que as outras armas, a uma distância maior. Michael foi pela esquerda e eu pela direita, e fizemos a varredura da sala de estar. Nada estava fora do lugar. Sinalizei para o Michael com a cabeça e seguimos em frente em silêncio pelo andar principal. O chalé era grande, com uma sala de estar grande e espaçosa, uma sala de jantar e uma cozinha. Um corredor curto levava até um pequeno cômodo que Phyl e eu usávamos como escritório, ao banheiro daquele andar e ao quarto principal. Como a maior parte da sala de estar, de jantar e da cozinha era muito ampla, mesmo naquela luz fraca era possível ver que estava tudo certo. Tudo parecia intocado.

Seguimos em frente até o pequeno corredor. A primeira porta pela qual passamos dava para um armário. Não havia nada escondido lá dentro, a não ser roupas e um monte de tralha que estávamos guardando há anos. A próxima porta era a do banheiro. Nós a abrimos com tudo e congelamos por um momento. Na banheira estava Cheryl, uma das nossas vizinhas. Ela parecia completamente fora de si e seus olhos estavam leitosos e vazios.

Michel e eu preparamos nossas espingardas e apontamos na direção dela. Sua boca movia-se, mas nenhum som saía dela. Após ter visto o mesmo acontecer com o Ralph naquela manhã, eu sabia o que isso significava.

Eu acendi a luz. Cheryl não tinha vomitado ainda, mas isso aconteceria a qualquer momento.

— Michael, nós temos que tirá-la da casa agora — sussurrei com urgência. — Ela está prestes a vomitar as criaturas!

— Não parece que ela vai simplesmente sair andando se você pedir — disse Michael.

Eu inclinei a cabeça e pensei a respeito.

— Sabe, pode ser que sim, se nós a guiarmos. — Eu pausei. — E se nós corrermos.

— Eu não pretendo encostar nela.

— Nem eu.

— Então o que faremos?

— Cada um pega uma mão e nós a guiamos para fora do chalé.

— Eu não vou tocar nela, Paul!

— Peraí, peraí...já sei! Já volto!

Eu saí do banheiro e fui até o armário. Revirei as coisas e, de fato, minha memória estava certa. Encontrei lá dois pares de luvas grossas para neve. Peguei-as e levei-as até o banheiro. Entreguei um par para o Michael.

— Agora —, disse pra o Michael — cada um pega uma mão e levamos ela para fora.

Nós nos aproximamos da Cheryl, cada um com uma mão estendida.

— Olá, Cheryl —, eu disse gentilmente.

Ela virou a cabeça na minha direção quando falei seu nome e aqueles olhos vazios me encararam de dentro daquele corpo amaldiçoado.

— Sou eu, Paul. Esse homem gentil que está aqui comigo é o Michael. Nós gostaríamos que você fosse lá para fora com a gente. Você pode segurar nossas mãos? Nós vamos te ajudar.

Ela levantou as mãos, mas pudemos perceber que isso exigiu um esforço gigantesco. Michael e um pegamos cada um uma das mãos dela e literalmente a puxamos para levantá-la.

— Certo, Cheryl, será que você consegue levantar a sua perna a passá-la sobre a borda da banheira? — eu disse.

Cheryl levantou a perna alto, o suficiente para quase tocar o peito com o joelho. Ela esticou-a pisando fora da banheira.

— Muito bem, querida, agora a outra perna —, eu disse gentilmente.

Ela tirou a outra perna de dentro da banheira e Michael e eu começamos a guiá-la para a porta.

Eu ouvi o barulho dos motores de vários veículos do lado de fora aproximarem-se e estacionarem na grama. Um dos motores parecia ser a diesel e pertencer a um caminhão grande, que se esforçava para subir a montanha.

Devagar, muito devagar, Michael e eu levamos Cheryl pela sala de estar enquanto falávamos frases de incentivo. Coisas como "boa garota" ou "estamos quase lá" eram os mantras que eu entoava para minha ex-vizinha, rezando e torcendo para que conseguíssemos levá-la para fora antes que ela vomitasse um monte das criaturas.

Uma pessoa apareceu na porta da frente. Era Bobby, ainda vestido com seu uniforme de polícia. Ele estava com sua arma em punhos e a segurava com ambas as mãos, apontando-a para cima.

— Ei, Bobby — eu disse em voz baixa.

— Os olhos de Bobby nos encontraram e ele viu que estávamos guiando Cheryl.

— Bobby, lembra-se do Ralph? Meu vizinho? Bem, esta é a Cheryl. Ela vive pertinho de nós, aqui na montanha — eu disse. — Ela parece ter algo em comum com o Ralph, e eu diria que temos apenas alguns minutos restantes.

Os olhos de Bobby arregalaram-se e ele balançou a cabeça.

— Compreendido, Paul. Vou tirar todos do caminho. Você quer levá-la para algum lugar específico?

— Para fora.

Bobby disse:

— Eu tenho algo que pode ajudar, se não tiverem frescura. Vou pegar.

— No momento, aceitamos qualquer ajuda, Sargento Barnes — eu disse, sem nenhum toque de ironia.

— Estarei esperando — ele disse com um olhar sombrio. E então se foi.

— Ele parece ser legal —, disse o Michael — Já foi à minha loja algumas vezes, comprar revólveres.

— Ele me contou praticamente tudo que sabia sobre os insetos nesta manhã — eu disse. — Ele foi o primeiro policial a chegar no local depois que o Ralph vom...ã, veio até mim. — Eu mudei o final da história caso Cheryl ainda estivesse consciente o bastante para entender o que eu dizia. Eu sabia que ela conseguia entender coisas simples, mas não ia arriscar que ela ficasse sabendo que a hora dela estava quase chegando.

Levamos ela até a porta e para fora, na sacada. Quando acabamos de guiá-la até o último degrau, olhei ao redor procurando por Bobby. Ele estava à distância, a cerca de 4,5 m da lateral do chalé e usava nas costas algo que parecia ser uma mochila com uma grande mangueira conectada à ela.

—Traga ela aqui, Paul —, disse Bobby.

— O que é essa coisa nas suas costas, Bobby? — perguntei.

— É um lança-chamas.

Meus olhos arregalaram-se quando percebi o que ele pretendia fazer.

— Bobby, ela ainda está viva! Você não pode estar falando sério! — eu gritei.

— Paul, você sabe tão bem quanto eu que ela já está morta! Você viu o que aconteceu com o seu vizinho nesta manhã! Depois de vomitar tudo que podia ele caiu e morreu!

— Mas isso não significa que você possa queimá-la viva!

— Eu posso e eu vou! — Bobby gritou de volta.

Michael já tinha soltado a mão de Cheryl e se afastado.

— Eu estava prestas a gritar com o Bobby novamente quando Cheryl abriu a boca e disse:

—Glrk-k-k...

Eu sabia o que isso significava. Soltei a mão dela, pulei para longe e gritei:

— Agora! Bobby!

Quando Cheryl curvou-se para vomitar, as chamas atingiram-na. Tudo que saiu da boca dela evaporou-se antes de atingir o chão. Ela ainda estava inclinada, mas as chamas cobriam o seu corpo, queimando-o rapidamente em uma espécie de inferno particular.

Ela não emitiu nenhum som.

Bobby disparou as chamas na direção dela novamente e também desenhou um círculo no chão ao redor dela com as chamas. Ele não estava disposto a correr riscos, e não posso dizer que não tivesse razão. Na minha cabeça, eu sabia desde o início que ele estava certo. Foi o meu coração que não conseguiu fazer o que era preciso.

Por alguns minutos, o único som que conseguíamos ouvir era o das chamas queimando e o choro baixo da minha esposa.

Olhei para Bobby e Michael.

— Prontos?

Os dois pareciam confusos.

Michael disse:

— Prontos para o que?

— Precisamos ter certeza de que o resto do chalé está seguro. E depois precisamos encontrar a Susan. Ela é minha outra vizinha.

O RESTO DO CHALÉ ESTAVA seguro. Nenhuma criatura lá, e nada da Susan.

Bobby trouxera algumas pessoas com ele. Um deles dirigia uma betoneira, e também havia um caminhão de 18 rodas cheio de madeira, dirigido por uma mulher. Outro cara dirigia um caminhão tanque de 18 rodas.

O tanque estava cheio de gasolina.

Ele também trouxera um trailer com dez pessoas e uma van de entregas com mais seis. A van era usada para entregar leite e previ que todos iríamos consumir muito leite nos próximos dias, já que ele estragaria rápido.

Bobby nos contou que as coisas na cidade pioraram muito antes que ele fosse embora. As criaturas estavam por toda a parte, e ninguém parecia estar a salvo.

Esses insetos conseguem entrar em praticamente qualquer coisa, sabe.

Bobby pegara três lança-chamas do arsenal da Guarda Nacional que ficava nos arredores da cidade. A Guarda fora acionada, mas o chamado chegara tarde demais para que seus membros conseguissem chegar ao local. Bobby pegou o que precisava, com a ajuda de algumas das pessoas que trouxe com ele. Ele levou sua viatura até lá, e eles a carregaram com granadas, lançadores de mísseis, metralhadoras e muita munição, tudo da Guarda Nacional.

O parceiro mais novo de Bobby não sobreviveu.

Eles atenderam outro chamado a respeito de uma das criaturas, mas esta já estava crescendo há algum tempo. Era umas daquelas que se pareciam com uma centopeia e tinham a mandíbula comprida em forma de pinça. Com ela, pegou o jovem policial e, quando o soltou, ele havia sido cortado ao meio. A criatura então comeu os pedaços.

Foi aí que o nosso querido Bobby percebeu que era hora de abandonar o serviço. Morrer pelo serviço era algo que ele aceitava e estava preparado para fazer...*se* fizesse alguma diferença. Porém, contra essas criaturas invasoras, a morte dele seria apenas uma pequena refeição para um inseto gigante.

O cara que estava dirigindo a betoneira era irmão do Bobby e chamava-se Billy. O resto das pessoas veio de um restaurante que ficava bem nos limites da cidade. Bobby contou-lhes o que estava acontecendo e convidou-os para acompanhá-lo. Ele tinha uma ideia a respeito da madeira, do cimento e da gasolina, mas disse que explicaria tudo mais tarde.

Nós estávamos prestes a ir até o chalé da Susan para descobrir o que acontecera com ela e se Cheryl estivera por lá. Estávamos todos torcendo em silêncio para que ela estivesse bem.

Eu reuni todo o grupo e, correndo o risco de parecer um babaca, relembrei a todos que eu e Phyllis éramos os donos do chalé. Qualquer coisa mais importante deveria se confirmada conosco, e nós tínhamos a palavra final. Não achei que precisava lembrá-los da outra opção disponível, caso ignorassem essa regra básica. Deixei Phyllis no comando, e eu, Michael, Bobby e Richie fomos investigar o outro chalé.

Deixamos armas com o pessoal que ficou para trás, todas carregadas e prontas para serem utilizadas. Disse para Phyllis que começassem a descarregar os veículos e decidir onde todos iriam dormir.

Nós quatro começamos nossa escalada pela montanha.

Capítulo 5

Não foi uma caminhada longa, o outro chalé ficava a menos de 400 m de distância. Mas era só subida. Uma subida íngreme, escura e rochosa.

Quando chegamos ao pequeno chalé que Susan e Cheryl dividiam, notamos uma luz queimando na janela do andar de cima. Levantei minha mão indicando que deveríamos parar...nenhum de nós tinha fôlego para dizer alguma coisa. Ficamos parados no jardim da frente do chalé, ofegantes, tentando recuperar o fôlego.

Todos nós, menos o Richie. Exibido.

Minha respiração finalmente retomou o ritmo normal. Eu disse:

— Esperem um minuto. Deixem eu tentar uma coisa.

Os três balançaram a cabeça concordando. Eu gritei:

— Susan! Susan, você está aí?

As cortinas moveram-se na janela do andar de cima, então o rosto de Susan apareceu. Ela abriu a janela e gritou:

— Paul? É você?

— Sou eu, Susan. Você pode descer aqui?

— Só um momento, já vou descer — ela disse e fechou a janela.

O chalé que Susan e Cheryl dividiam era somente um pouco maior que o nosso. Tinha uma edícula, vários painéis solares e um aerogerador a mais que nós. Essas garotas com certeza gostavam do conforto proporcionado pela eletricidade.

Elas tinham comentado que pretendiam se casar em breve, já que a maioria das leis contra o casamento entre pessoas do mesmo sexo havia caído. Eu não estava nada ansioso para contá-la sobre o que acontecera com Cheryl.

A luz da sacada na frente da casa de repente acendeu-se e a porta abriu-se. Susan saiu vestindo jeans, botas e uma camisa de flanela. Seu cabelo longo e loiro estava preso em um rabo de cavalo. Ela já tinha quase quarenta anos, mas não aparentava ter nem trinta. Ela era uma mulher belíssima.

Susan também era uma mulher preocupada.

— Paul, não sabia que vocês viriam, será que pode me ajudar? A Cheryl foi até a cidade essa manhã para comprar algumas coisas. Eu saí para caminhar a tarde e voltei mais ou menos quando escureceu. O jipe dela está estacionado na garagem, mas não consigo encontrá-la em lugar algum! Essa história sobre insetos está em todos os noticiários e estou morrendo de preocupação! Você não a viu, não é mesmo?

E lá estava. Você tem alguma ideia de como é ter que partir o coração de uma pessoa da maneira que eu estava prestes a partir o coração da Susan? E não podia pedir para nenhum dos outros caras fazer isso por mim. Ela era minha amiga e minha vizinha, ela precisava ouvir isso de *mim*.

Eu peguei ambas suas mãos nas minhas e olhei-a diretamente nos olhos.

— Sim, Susan. Eu a vi.

Uma expressão enorme de alívio tomou conta de seu rosto.

— Graças a Deus! — ela disse. — Onde você a viu, Paul?

Eu hesitei.

— Ela estava no meu chalé, Susan. Encontrei-a na minha banheira.

Ela parecia confusa.

— Na sua banheira? O que ela estava fazendo no seu chalé? O que há de errado com a nossa banheira?

Eu olhei para o Michael, então para o Richie e depois para o Bobby. Todos viraram o rosto quando o meu olhar encontrou o deles.

— Susan, o que...ã, quanto...o que você sabe sobre esses insetos?

Ainda parecendo confusa, ela disse:

— Eu sei que eles dizimaram a maior parte de dois terços do leste do país. Eles estão por toda a Europa, Canadá, América do sul e algumas partes da Rússia e da China. Eles também foram vistos em Israel e no Egito. São mutações genéticas e foram liberados por um grupo de loucos islâmicos.

Eu estava chocado. Não sabia que a infestação era global, isso era assustador.

— O que mais, Susan?

— Eles não conseguiram ultrapassar a base das Montanhas Rochosas e outras áreas montanhosas, pois parecem ser muito frias para eles.

— O que você sabe sobre as pessoas infectadas?

— Bom, ninguém sabe como as infecções começaram, mas dizem que depois que a pessoa é infectada, ela perde o controle sobre a fala, seus olhos tornam-se brancos e leitosos e parecem vazios, como se não houvesse mais ninguém habitando o corpo. Dizem que isso acontece porque os ovos já eclodiram e as larvas estão se alimentando do cérebro, do coração e de outros órgãos. Logo antes de morrer, a vítima vomita sangue, insetos e mais ovos, e então... — Ela parou de repente. Estava olhando para o meu rosto e deve ter percebido algo em minha expressão que lhe indicou...o que acontecera com a Cheryl. — Meu Deus — ela disse baixinho. — Paul, não. A Cheryl não. Por favor, Deus, não, ela não. Não a minha doce Cheryl.

Eu segurei as mãos dela firmemente e balancei a cabeça positivamente.

Susan agarrou-me, enterrou o rosto em meu ombro e começou a chorar muito. Ela chorava como se tivesse perdido sua alma. Ou talvez somente sua alma-gêmea. Ela soluçava alto, do seu âmago. Segurei-a o mais forte possível e acariciei seu cabelo para acalmá-la, confortá-la e ajudá-la a lidar com o luto.

Michael, Richie e Bobby estavam parados em silêncio, olhando para toda parte e para parte alguma, com certeza sentindo-se envergonhados por serem testemunhas do terrível luto desta pobre mulher e sentindo-se impotentes, sem saber como ajudar a confortá-la.

Depois de deixá-la chorar por alguns minutos, não conseguia me livrar do sentimento de que precisávamos voltar e começar a construir nossas fortificações, de que a montanha não seguraria os insetos para sempre. Afastei o rosto de Susan alguns centímetros para que pudesse ver meu rosto enquanto falava com ela. Seus olhos estavam inchados e vermelhos, e seu rosto molhado das lágrimas.

— Susan —, eu disse gentilmente. Precisamos que venha conosco até o meu chalé. Não posso deixá-la aqui em cima sozinha e não vamos conseguir defender os dois chalés tão bem quanto defenderíamos um só.

— Nãa-o-o! — ela gritou demonstrando dor. — Eu não posso simplesmente ir embora, Paul. A alma dela está aqui! As lembranças dela estão aqui! Meu Deus, o perfume dela provavelmente ainda está no travesseiro! Paul, o que eu vou fazer sem ela? — Ela começou a chorar profundamente de novo.

— Susan. Susan, eu estou implorando. Eu não quero perder você também. Por favor, venha com a gente. Phyllis vai ficar tão feliz em vê-la, e as crianças também. Por favor.

Depois de soluçar mais um pouco, finalmente, Susan aceitou.

— Preciso pegar algumas coisas primeiro. Tudo bem, Paul?

— Claro, querida. Vamos esperar por você aqui.

Ela balançou a cabeça e voltou devagar para a casa. Depois que fechou a porta cuidadosamente, me virei para os outros.

— Cavalheiros —, disse em voz baixa — isso foi a coisa mais difícil que eu já tive que fazer.

Bobby veio até mim e colocou a mão em meu ombro.

— Paul, como policial eu tive que fazer isso várias vezes, e não fica mais fácil.

Todos sentamos nos degraus e nas cadeiras que decoravam a sacada. Minha mente rodopiava com milhares de coisas passando por ela em uma velocidade alucinante. Susan e Cheryl em nosso chalé fazendo um piquenique, Ralph vomitando sangue e aqueles insetos, nós mal conseguindo escapar da cidade, minha gratidão pela minha mulher e meus filhos...tudo isso passava pela minha cabeça.

Não sei no que os outros estavam pensando, mas pareciam ter desligado tanto quanto eu. Todos tinham uma expressão vazia em seus rostos e estavam com o olhar perdido em algum ponto distante no horizonte.

O barulho do tiro acordou-nos de nosso devaneio.

Tinha vindo de dentro do chalé.

Se meus olhos estivessem tão arregalados quanto os que eu estava vendo, eu devia parecer muito surpreso. Entramos todos correndo no chalé e eu guiei o caminho.

— Susan! — gritei. — Susan! — Como não houve resposta, disse aos outros:

— Procurem aqui em baixo! Eu vou olhar lá em cima!

Subi a escada correndo, pulando degraus. Abri com tudo a porta do quarto principal.

Vi Susan.

Ela estava sentada na cama, chorando baixinho com as mãos no rosto. Um revólver estava caído no chão próximo aos seus pés.

O alívio que senti enfraqueceu meus joelhos e quase perdi o equilíbrio.

— Não consegui. — Susan sussurrou. — Apontei a arma para a minha cabeça e apertei o gatilho. Mas alguma coisa me fez afastar o cano para longe.

Não consegui terminar. — Ela escondeu o rosto em suas mãos e começou a chorar baixo novamente.

Fui até ela e me abaixei para pegar a arma. Prendi-a no cós da minha calça. Sentei-me ao lado daquela mulher de luto e a abracei.

— Susan, por favor, não faça isso de novo. — sussurrei. — A Cheryl não iria querer que você desperdiçasse sua vida, justo agora, no momento em que mais precisamos de você.

Balançamo-nos para frente e para trás até que Bobby e Michael chegaram à porta. Fiz um sinal de que estava tudo bem e ajudei Susan a se levantar.

— Venha, querida —, disse gentilmente. — Deixe que eu te ajude a arrumar suas coisas.

Ela não conseguia tirar os olhos do chão, mas concordou com a cabeça e pegou minha mão. Em alguns minutos tínhamos terminado de arrumar seus pertences.

Descemos a montanha em direção ao meu chalé.

PHYLLIS JÁ TINHA ORGANIZADO bastante coisa quando voltamos ao chalé. Havia uma corrente de pessoas que ia da van do leite até a câmara frigorífera. As pessoas passavam pacotes de manteiga e potes de sorvete de mão em mão até chegarem na câmara. Colocaram o leite no chão dela, pois a geladeira do chalé já estava cheia. As caixas-térmicas que eu e o Michael pegamos na loja também já estavam cheias.

Phyl nos viu e deixou Millie no comando da operação para ir até nós. Ela abraçou Susan e tentou acalmá-la, e então sorriu para mim por cima dos ombros de Susan, e eu sorri de volta.

Richie foi tentar encontrar Teresa.

Havia duas crianças com o último grupo que chegara, que agora estavam na varanda da casa junto com Clarissa e Keith.

— Bom, acho que esse pode ser considerado o dia mais estressante de todos os tempos — eu disse.

— Com certeza, Paul.— concordou Bobby.

— Vocês processaram o que a Susan nos contou? Que as criaturas estão espalhadas por todo o mundo? — perguntou Michael.

Concordei com a cabeça.

— É, eu ouvi. Me deixou aterrorizado, também.

— O que ela falou mesmo? Que as regiões montanhosas são frias demais para esses insetos? — perguntou Bobby.

— Nessa época do ano, a temperatura média durante a noite é de 4° C. Eu lembro de ter lido em algum lugar que insetos comuns não conseguem se movimentar muito bem em temperaturas tão baixas — eu disse.

— Isso é ótimo, por hora — disse Bobby. — Mas o que acontece quando o sol aparecer e a temperatura começar a subir?

— Acho que quando isso acontecer, vamos descobrir — respondi. — Enquanto isso, você disse que tinha uma ideia sobre o que fazer com todo aquele material que trouxeram, Bobby. Qual é a ideia?

— Vamos construir um fosso — respondeu Bobby.

— Um fosso? — perguntou Michael.

— Também não entendi — eu disse.

— Aqui, deixa eu mostrar para vocês. Peraí...aqui, este está bom — disse Bobby. Ele se afastou alguns passos e pegou um graveto. — Venham até aqui sob a luz. — Ele nos guiou até um local em frente aos faróis da van do leite e agachou-se. Então usou o graveto para desenhar um círculo. — Certo, Paul, esse círculo está cercando nosso pequeno santuário aqui. Se cada um de nós colaborarmos e cavarmos um buraco grande o bastante ao redor de todo o local, nós podemos escorar as laterais dele usando a madeira. O fosso deve ser razoavelmente fundo, com cerca de 30 centímetros, e colocamos a madeira dentro dele formando um V. Depois só precisamos encher com concreto. Quando o concreto secar teremos um fosso ao redor do chalé e das edículas.

— Bem, parece muito bom, Bobby, mas de que isso vai adiantar? Podemos encher o fosso com água, mas isso não vai impedir os insetos de entrarem nele ou simplesmente passarem voando — eu disse.

Bobby balançou a cabeça e riu.

— Nós não vamos enchê-lo com água, Paul.

— Vamos enchê-lo com gasolina — disse Michael, com certeza.

Bobby sorriu e apontou para Michael.

— Na mosca! Enchemos com gasolina e quando soubermos que os insetos estão chegando só precisaremos de um fósforo de nada e *Bum!* Teremos uma barreira que nenhum inseto vai cruzar.

Pensei um pouco. Era um bom plano, em partes.

— Mas e quanto aos insetos que voam? — perguntei. — Não vão simplesmente voar sobre o fosso?

— Claro —, disse Bobby. — Mas também temos um lança-chamas para usar neles. E se o combustível ficar baixo, podemos improvisar alguma coisa com a gasolina e algo que produza faíscas.

Pensei mais um pouco. Nada mal, nada mal mesmo. Além do que, precisávamos de algo para manter todos ocupados. Algo que nos fizesse trabalhar para manter todos protegidos. Balancei a cabeça concordando, primeiro devagar e depois mais rápido.

— Bom plano, Bobby. Começaremos amanhã e precisamos terminar logo, senão o cimento irá endurecer dentro do caminhão, e ai não servirá para mais nada. Ou o solo começará a congelar. Sim, tem que ser amanhã. Mais tarde falaremos com todo mundo, só espero que tenhamos ferramentas o suficiente para todos cavarem.

Bobby sorriu.

— Também já cuidei disso. — Ele apontou para a viatura. — Lá dentro têm cinco picaretas e cinco pás, além de marretas, martelos, pregos e até mesmo um rolo de plástico preto grosso, próprio para jardinagem. Podemos usá-lo para forrar a madeira e manter o concreto na posição correta até endurecer.

— Você está me deixando impressionado, Sr. Policial — eu disse.

— Ei, proteger e servir, Paul. Proteger e servir é o nosso lema.

Michael perguntou:

— Quando vamos contar o plano para o resto do pessoal?

Dei de ombros.

— Que tal agora?

Ambos Michael e Bobby balançaram a cabeça concordando.

Eu me levantei e chamei todo mundo para se reunir ali. Todos vieram e fizeram um círculo ao redor de nós três.

— O Bobby aqui teve uma ideia para deixar esse lugar mais seguro contra os insetos. Vou deixá-lo explicar.

Bobby explicou o plano para todos e perguntou se alguém tinha alguma pergunta. Ninguém tinha.

Assumi o controle novamente.

— Então, nós vamos começar a executar esse projeto amanhã logo cedo. Também vamos organizar uma escala para mantermos guarda e observarmos se os insetos estão chegando.

Ben, um dos homens que chegaram no último grupo, disse:

— Ei, quem colocou você no comando?

Todo mundo no grupo que estava falando de repente calou-se. Estavam todos olhando para mim, já que eu acabara de ser desafiado.

Rá! Desafiado! Tão cedo!

Em voz baixa, eu disse:

— Eu coloquei, este é o meu chalé, Ben.

— *É o meu chalé, Ben* — ele disse caçoando. — Bom, acontece que eu não tô afim de ficar cavando na sua propriedade, *Paul*. Então, acho que não vou fazer nada disso mesmo. E o que você vai fazer? — Ben ficou parado com as mãos nos quadris e o peito estufado, fazendo pose de machão.

Fiquei surpreso com o quanto eu estava calmo por dentro. Andei até ele e olhei-o nos olhos.

— Então você desce a montanha.

Ben inclinou-se até que nossos narizes quase tocaram-se. Ele disse:

—Me obrigue.

Ele não notara que minha espingarda estava na minha mão, posicionada com ele na mira. O clique de quando soltei a trava de segurança foi alto.

— Acredite, você pode sair andando com suas próprias pernas, ou você pode ser carregado montanha abaixo — eu disse. — Não vou colocar vidas em risco só para ser bonzinho.

Sob a luz dos faróis, eu conseguia ver as gotas de suor brotando em sua testa, geradas pela tensão, e seu rosto ficou pálido. Devagar, bem devagar, Ben inclinou-se para trás novamente, afastando-se do meu rosto. O cano da minha espingarda seguiu-o.

Levantei minha voz.

— Isso vale para todo mundo! Isso aqui não é uma democracia, esse é o chalé da minha família! Fico feliz em poder oferecer um lugar para ficarem e comida, mas todos estamos preocupados com nossa segurança, e eu tenho a palavra final a respeito disso. Como devem ter ouvido de seus pais quando eram adolescentes, enquanto estiverem debaixo do meu teto, terão que seguir as minhas regras. Caso isso seja demais para vocês, a estrada ali leva até a cidade.

Pausei para dar ênfase.

— Todos, inclusive eu, minha esposa, meus filhos e vocês, vamos nos revezar cavando, mantendo guarda e construindo esse fosso amanhã de manhã, começando às sete. — Virei-me para Ben e olhei-o severamente. — Todo mundo, Ben. E você também.

Ele não gostou nada disso. Ah, não gostou mesmo. Mas ele não tinha outra escolha, com um sorriso forçado nos lábios, ele concordou.

Conforme me afastava com Bobby e Michael, Bobby disse:

— Isso ainda não terminou. Você sabe disso, não é?

— Eu sei — respondi secamente.

PHYL E EU FINALMENTE conseguimos acomodar todos para dormir. As crianças ficaram em quartos separados, as meninas em um e os meninos em outro. Os dois jovens que pegamos no McKelvie's também ficaram nesses quartos.

O terceiro quarto no andar de cima ficou para quem o quisesse. O mesmo foi feito com o sofá, a espreguiçadeira e as poltronas na sala de estar. Não tínhamos travesseiros suficientes, mas havia bastantes lençóis e a lareira ficou acessa durante a noite.

Phyl e eu ficamos na suíte principal e a dividimos com Michael, Millie, Bobby, Billy e Susan. Todos eles receberam sacos de dormir, trazidos pelo Michael sorrateiramente pela manhã. Eles faziam parte dos suprimentos trazidos da loja de equipamentos esportivos.

Algumas das pessoas que chegaram no trailer decidiram dormir por lá mesmo para aliviar a lotação do chalé.

Nós organizamos uma escala para ficarmos de guarda, de maneira que sempre houvesse duas pessoas nessa função ao mesmo tempo, e cada turno duraria duas horas. Phyl e eu ficamos encarregados do primeiro turno. Bobby e seu irmão, Billy, ficaram com o segundo, e Michael e Millie com o terceiro.

Estranhamente, Richie e Teresa voluntariaram-se para ficar com o último turno. Eles se auto-intitularam a "patrulha do amanhecer" e prometeram acordar todos às seis.

Phyl e eu nos acomodamos nas cadeiras de balanço na varanda. Estiquei o braço para pegar a mão dela.

— Foi um dia duro, não foi? — ela disse.

Eu sorri e concordei.

— Com certeza foi.

— Como você está, Paul? De verdade?

Pensei por um momento.

— Estou supreendentemente bem. Talvez esteja reprimindo o choque e não esteja lidando com minhas emoções, mas, por enquanto, estou bem.

Nós nos balançamos por alguns minutos, confortáveis com a companhia um do outro.

— Você realmente teria atirado naquele homem se ele não tivesse recuado? Sem hesitar respondi:

— Sim.

Ficamos em silêncio por alguns momentos, e então ela disse:

— Eu acho que você devia ter atirado nele mesmo assim. Ele só vai causar problemas.

Eu suspirei.

— Eu sei. Mas eu prefiro acreditar que as pessoas são essencialmente boas e querem ajudar. Só queria dar a ele uma chance. Se algo acontecer daqui para frente, ele não terá outra chance.

De repente, vários jatos passaram voando sobre a montanha em direção ao leste. O barulho nos assustou. Quando conseguimos sair da varanda, eles já estavam longe, mas conseguimos ver as luzes de pelo menos três aviões e o que pareciam ser mísseis presos embaixo deles, refletindo a luz da lua. De onde estávamos na montanha, conseguíamos ver cerca de 32km a nossa frente, então vimos quando os mísseis começaram a descer, logo abaixo da linha do horizonte. Também vimos a luz causada pelas explosões e alguns segundos depois ouvimos o som grave produzido por elas, como fogos de artifício explodindo em algum lugar distante.

Phyl agarrou-me quando vimos a luz causada pela explosão dos mísseis e apertou-me com força quando ouvimos o barulho.

Segurei-a perto de mim e tentei acalmá-la.

— Não são nucleares, são somente mísseis poderosos. Estamos seguros.

Escutamos a porta da frente fechar-se atrás de nós. Bobby e Billy saíram por ela.

— O som dos jatos nos acordou. Espero que não se importem se nos juntarmos a vocês — disse Bobby.

— É, não consigo voltar a dormir mesmo — continuou Billy.

— Claro que não! Quanto mais gente melhor —, eu disse.

Apontei na direção das explosões e contei a eles o que vimos.

— Uau. Isso quer dizer que os militares ainda estão reagindo. Isso é uma boa notícia! — disse Bobby.

— Talvez. Contanto que não usem armas nucleares, é uma boa notícia — respondi. — Mas ainda acho que estamos por conta própria.

— Você provavelmente tem razão — concordou Bobby.

Enquanto assistíamos, os jatos sobrevoaram seu alvo mais uma vez, pelo menos pareciam ser jatos. Desta vez não vimos nenhum míssil, somente a luz. Os aviões estavam jogando bombas, e os flashes de luz piscavam rapidamente em um ataque de fúria.

Fiquei pensando se aquilo tudo teria algum efeito sobre as criaturas, e perguntei o que os outros achavam.

— Com certeza isso irá matar algumas delas... não é mesmo? — ponderou Billy.

— Eu espero que sim —, disse Phyllis. — Não quero nem pensar no que pode acontecer se não conseguirem.

— Mas matar algumas não é o mesmo que matar todas —disse Bobby.

Eu suspirei.

— Não. Não é. Fico me perguntando se já cresceram tudo que tinham para crescer.

— Ah, essa sim é uma ideia assustadora! E se eles ficarem do tamanho de um elefante ou algo do tipo? — disse Bobby.

— Ou algo pior — disse Billy.

— Esse é o problema de criaturas geneticamente modificadas como esses insetos —, eu disse. — A menos que elas tenham sido totalmente testadas, é impossível saber com certeza *todas* as surpresas que nos aguardam conforme elas se desenvolvem.

Nós quatro ficamos pensando sobre isso por um tempo enquanto assistíamos ao bombardeio.

Bobby perguntou:

— Paul, você tem televisão via satélite?

— Tenho sim.

— Acho que deveríamos estar assistindo as notícias, se é que ainda tem alguém transmitindo alguma coisa, para ver se há alguma novidade importante que deveríamos saber.

— Ele tem razão, Paul — disse Phyllis.

— Eu também acho, mas a televisão fica na sala. Nós acordaríamos a casa toda — eu respondi.

— E a que fica no quarto? — perguntou Billy.

— Mesmo problema — eu disse. — Acordaríamos a Susan, ou o Michael ou a Millie. Ou todos eles.

— Você consegue levar a televisão do quarto para o escritório? — perguntou Bobby. — Não tem ninguém dormindo lá.

Phyllis olhou para mim e fez que sim com a cabeça.

Eu disse:

— Acho que podemos fazer isso, se o fio do satélite for comprido o bastante. Se não for, podemos fazer um furo na parede do quarto para passá-lo. Ele fica logo ao lado do escritório. Mas vamos esperar até amanhã, certo? Não quero acordar todo mundo.

— Para mim está bem. Podemos fazer isso quando não estivermos cavando —, disse Bobby.

Assistimos o bombardeio mais um pouco, então Phyl e eu fomos nos deitar.

Capítulo 6

Acordamos todos às seis e meia. O casal mais velho, dono do trailer, estava responsável pelo turno da manhã, e Phyllis, Millie, Teresa e Clarissa tentavam preparar uma espécie de café da manhã para todos. Susan também estava na cozinha, tentando ajudar no que fosse possível.

Bobby e Billy ocuparam-se bastante durante o turno deles: colocaram as marcações para o perímetro do fosso, sinalizando os locais onde seria necessário cavar mais fundo para que o fosso ficasse nivelado. Isso era necessário para evitar que a gasolina se acumulasse em locais mais baixos e que os locais mais altos não ficassem secos.

Eu sequer havia pensado nisso. Fiquei feliz que o Bobby tinha e o agradeci.

— Não é nada demais, Paul — disse Bobby. — E a boa notícia é que acho que a sobra de material será suficiente para construir um fosso ao redor do chalé da Susan também.

Olhei para ele.

— Você acha que isso é mesmo necessário?

— Pode não ser urgente, mas sim, Paul, eu acho que é necessário — respondeu Bobby. — É um lugar para onde poderemos fugir, caso seja necessário.

Pensei a respeito disso por um momento.

— Também é um lugar a mais para acomodar as pessoas. Não acho que seremos os únicos por aqui por muito mais tempo. Você acha?

Bobby balançou a cabeça.

— Sinceramente? Eu não sei. Mas eu sei que os insetos estarão bem ocupados hoje, e eles podem muito bem decidir enfrentar o ar rarefeito daqui de cima. Acho que devemos começar a cavar.

Ele e Billy começaram a andar em direção ao chalé.

— Bill e eu vamos tomar café da manhã e começar em seguida. Você pode nos mandar um pouco de ajuda em breve?

— Claro. Assim que for possível.

Eu me virei para ir conversar com as outras pessoas e vi-me cara-a-cara com Ben.

— Bom dia, Ben — eu disse.

Ben pareceu surpreso por eu ter falado com ele civilizadamente.

— Bom dia.

— Olha, Ben, eu estou disposto a deixar nossas desavenças para trás. Ontem foi um choque para todos, porque não começamos do zero?

Ele balançou a cabeça.

— Não, sinto muito. Estou indo embora hoje.

Preocupado, respondi:

— Ben, você não vai querer descer essa montanha. Fique aqui conosco, é mais seguro.

— Eu não vou descer a montanha — disse ele. — Eu vou subir a montanha e seguir para o outro lado dela. Com certeza vou encontrar outras pessoas a quem eu possa me juntar. Só quero saber se posso levar comida e bebida o suficiente para cerca de uma semana.

Olhei-o nos olhos.

— Pode não ser seguro.

Ben deu de ombros.

— Não me importo.

Em voz baixa, disse para ele:

— Ajudaria se eu me desculpasse em público? Para todo mundo ouvir? Eu farei isso, se ficar conosco.

Ben parecia querer aceitar minha proposta, mas ele deixou seu orgulho falar mais alto.

— Não. Irei embora daqui a uma hora, Stiles, com ou sem suprimentos.

Balancei minha cabeça em resposta ao seu comportamento obstinado. Eu sabia que não havia nenhum argumento capaz de penetrar seu orgulho. Olhei-o nos olhos e disse:

— É claro que você pode levar suprimentos, Ben, mas gostaria que você reconsiderasse.

Ben balançou a cabeça uma vez para mim e disse:

— Obrigado. Boa sorte para você.

— Para você também.

Depois disso, andamos até a câmara frigorífica e pegamos os suprimentos. Ele pegou leite, várias latas de sopas diversas, frutas, vegetais, muitas garrafas de água e alguns biscoitos. Dei-lhe também um saco de dormir e uma mochila, além de um revólver .38 e uma caixa de munição. Ele estava sozinho quando Bobby encontrou-o e iria deixar o acampamento sozinho, a caminho de um jornada solitária e tortuosa montanha acima e depois abaixo até o outro lado. Eu nunca fizera aquela escalada, mas Susan sim. Ela e Cheryl fizeram uma única vez, pois não havia nada do outro lado além de mais montanhas íngremes. Dividi essa informação com o Ben, e indiquei-lhe os caminhos que me lembrava de minha conversa com Susan sobre a viagem. Ele foi embora sem olhar para trás.

Fiz uma prece em silêncio para que ficasse seguro dos insetos e entrei no chalé para tomar café da manhã e contar a todos a novidade.

DUAS HORAS DEPOIS, estava com uma picareta na mão, com mais cinco pessoas, e havia outras cinco com pás para mover a terra soltada por nossas picaretas. Era um trabalho duro e desgastante, e meus músculos estavam todos doloridos, mas continuei mesmo assim. Quando meu turno terminou, uma hora depois, eu não conseguia mais esticar minhas mãos. Conseguimos fazer um progresso considerável - três quartos do fosso já estavam construídos. Bobby designara algumas pessoas para começar a colocar as madeiras neles, formando os Vs que segurariam o concreto. Depois que uma parte do buraco já estava com as madeiras posicionadas, outras pessoas começaram a forrá-la com o plástico preto. Nesse ritmo, na hora do almoço já poderíamos começar a despejar o concreto.

Eu tinha ligado a televisão na sala do chalé. O satélite não estava captando muita coisa, mas conseguimos achar um canal só de notícias. Os insetos agora estavam espalhados pelo mundo inteiro, com exceção dos países no extremo norte, Austrália e Nova Zelândia. Aviões foram atacados por enxames de insetos voadores, muito parecidos com aquele que encontramos no McKelvie's, e derrubaram a maioria deles. A maioria dos governos dos países atacados estava escondido em Bunkers de proteção, mas, a menos que eles fossem completamente selados, todos estavam vulneráveis aos ataques dos insetos. O canal de notícias que encontramos também era subterrâneo, mas não disseram onde ficava localizado. Designei ao casal mais velho, Lee e Bernice Adams, a tarefa de manter-nos atualizados sobre as notícias, anotando tudo que considerassem relevante.

Era fácil matar as criaturas, o problema era o número enorme delas. Novos ovos sempre eclodiam para substituir as criaturas mortas. Os mortos serviam de abrigo e comida para os ovos, principalmente para os das criaturas rastejantes, e com seu crescimento rápido, matar uma cidade inteira era uma tarefa que levava cerca de apenas um dia.

Os insetos estavam rapidamente aniquilando a espécie humana.

Eles aprenderam rápido e começaram a atacar todas as unidades militares que se aproximavam deles. Eram muito bons em destruir tanques e outros equipamentos bélicos. Acho que desconfiavam que uma recompensa saborosa aguardava dentro daqueles enormes monstros de metal. Ou um bom lugar para colocar seus ovos. De qualquer maneira, os humanos estavam sendo eliminados com uma regularidade alarmante.

Richie pegou minha picareta e começou o turno dele. Disse a ele para ser extremamente cuidadoso, pois não queria ter que costurar o pé dele de volta. Minhas habilidades de costura eram muito limitadas.

Andei todo duro até o chalé e entrei. Queria sentar mais do que qualquer coisa, mas precisava de água. Cumprimentei Lee e Bernice e fui em direção à cozinha. Phyllis estava cumprindo seu turno de duas horas com a pá, então me servi um pouco de água. Pelo menos nosso poço era fundo e estava cheio de água limpa e cristalina. Bebi até não aguentar mais e fui para a sala novamente.

— Alguma novidade? — perguntei ao Lee.

Ele olhou suas anotações.

— Bem, os insetos estão por todo o Oriente Médio. Os imbecis que os soltaram estão sendo comidos vivos. — Ele deu uma risadinha contida. — Tomara que as tais 27 virgens que os aguardam sejam todas homens. — Ele riu novamente e Bernice o cutucou com o braço. —Ai!

— Você deveria ter modos, velhote — ralhou Bernice.

Lee continuou:

— O motivo pelo qual os insetos estão ganhando a batalha é porque eles não têm nenhum predador natural. Eles são grandes demais para qualquer animal vivo atualmente. O único possível desafio para eles é o homem, mas nós não temos sido problema. A televisão continua dizendo que as montanhas são o lugar mais seguro, no momento.

— Bom. Vamos torcer para que continuem sendo — eu disse. Fui até uma das poltronas e desabei nela. Meus olhos foram atraídos para a tela.

Lee havia colocado a televisão no mudo quando entrei na sala. Ela mostrava vídeos de diversas partes do mundo, a carnificina era terrível e a destruição, em maior parte, era quase total. Enquanto assistia, um âncora com aparência cansada apareceu na tela. Acima do seu ombro havia uma imagem sobreposta de um dos insetos ao lado de ônibus municipal.

— Meu Deus —, eu disse. — Lee! Aumente o volume!

Lee procurou o controle remoto, pressionou o botão e ativou o som novamente.

...e os insetos cresceram incrivelmente. Alguns já atingiram o mesmo tamanho de um ônibus municipal e possuem mandíbulas imensas, capazes de cortar um adulto ao meio ou de engolir uma criança inteira. Vamos agora a um vídeo feito mais cedo, avisamos que contém cenas fortes.

A imagem que surgiu na tela, então, era de um dos insetos que pareciam uma centopeia empurrando um ônibus, abrindo-o e partindo pessoas em pedaços.

— Que Deus tenha piedade de todos nós — disse Bernice em voz baixa.

ANDEI CAMBALEANDO ATÉ o local do fosso. Praticamente todos estavam lá ou em algum local próximo. Phyllis viu minha expressão e mandou todos pararem.

Quando cheguei perto o suficiente, contei a eles o que vira na televisão e que os insetos continuavam crescendo cada vez mais.

Para finalizar minhas palavras, mais uma vez surgiu o som dos aviões passando sobre nossas cabeças. Olhamos para cima a tempo de ver vários voando alto passando pela montanha.

— Parece que os militares vão bombardear os insetos novamente. Peço a Deus que não usem armas nucleares. Não no nosso país — eu disse.

— Devemos continuar cavando? — perguntou o motorista do caminhão de gasolina, acho que se chamava Mitch.

Balancei a cabeça.

— Sim. Ainda precisamos nos proteger dos insetos. As bombas não irão matar todos eles.

Abaixei-me para sentar no chão. Eu estava atordoado. Algum idiota na Rússia criara essas criaturas para um grupo de terroristas Islâmicos e sequer pensou em como elas iriam mudar, se reproduzir ou crescer. O único pensamento foi o dinheiro...não as pessoas. Os extremistas Islâmicos tolos provavelmente já estavam mortos a essa altura, e os cientistas Russos que as criaram também, pois esses insetos não se importavam com religião, ou dinheiro. Apenas com comida.

O mais triste de tudo é que se eles apenas tivessem se preocupado com suas próprias vidas, esses malditos insetos nunca teriam sido criados.

Dessa vez não ouvimos nenhuma explosão, nem vimos nenhuma luz. Mas tinha certeza que os caças encontraram seus alvos em algum lugar. Afinal, não faltavam alvos.

De fato, terminamos de preparar a fundação do fosso até a hora do almoço. Depois de comer, despejamos o concreto e verificamos se o formato estava correto. Após isso, tudo que tínhamos a fazer era esperar o concreto secar.

Nós ainda tínhamos material suficiente para construir um fosso ao redor do chalé da Susan e planejamos começar na manhã seguinte.

Mais tarde naquele dia, eu estava dentro do chalé procurando algum outro canal que estivesse transmitindo algo além do canal de notícias. Um canal mexicano e um outro especializado em programação religiosa foram tudo que encontrei. O sinal de ambos sumia e voltava, e tive a impressão de que eram transmissões automáticas, pois continuavam exibindo a mesma programação depois de algumas horas. Mudei para o canal de notícias novamente e liguei o mudo. Ouvi as crianças brincando lá fora.

De repente, escutei Keith gritar:

— Pai! — *PAI!*

Larguei o controle remoto, peguei minha espingarda e corri lá fora para ver o que havia de errado.

Keith estava em pé ao lado de Clarissa e das outras crianças no meio do jardim na frente da casa. Conforme corria na direção deles olhei ao redor, mais não percebi nenhuma ameaça.

Parei e coloquei minha mão no ombro do Keith.

— Qual o problema filho?

— Escute!

Prestei atenção para ouvir algo. A princípio não entendi, pois era apenas um ruído de fundo. Mas, conforme foi se tornando mais alto, percebi. Era o som do motor de um veículo, que esforçava-se para locomover-se montanha acima pela nossa estrada íngreme. Pelo barulho, chegaria ao chalé em breve.

Virei-me para o Keith e as outras crianças.

— Vá chamar o Bobby, o Billy e o Michael. O Richie também, se ele quiser vir. Depois, quero que vocês quatro se escondam atrás da edícula do poço até que saibamos se são amigos os não. Agora, caiam fora! — Expulsei as crianças.

Enquanto elas se afastavam, concentrei-me no som novamente. Agora pareciam ser dois veículos, mas não conseguia distinguir de que tipo.

O pessoal devia estar por perto, pois de repente estavam todos ali, com espingardas nas mãos.

— Ouviram isso? — perguntei. — Parece mais de um, não?

Bobby concordou apreensivo.

— Um deles parece ser um ônibus. Um grande ônibus a diesel.

Agora que ele mencionara, concordei. Parecia mesmo um ônibus.

Não precisaríamos imaginar por muito mais tempo. Enquanto esperávamos, dois veículos fizeram a curva na estrada e entraram em nosso campo de visão. Um deles era um ônibus, Bobby tinha razão. O segundo era uma ambulância. Ela vinha logo atrás. As janelas do ônibus estavam todas abertas e de repente todas as pessoas olharam para fora em nossa direção. Elas gritaram para o motorista parar e o grande veículo parou bem em frente a nós. A ambulância ficou um pouco atrás...talvez esperando para ver qual era nossa intenção.

Bobby ainda vestia seu uniforme. Nenhuma das minhas roupas serviram nele e ele não perdeu muito tempo procurando algo que servisse. Ele acenou para o ônibus e depois para a ambulância. Eu acenei também e talvez os outros tenham feito o mesmo, mas não tenho certeza. Eles estavam atrás de mim.

As portas do ônibus abriram-se e uma mulher uniformizada desceu dele. Evidentemente, ela era a motorista.

— Ah, graças a Deus! Jesus seja louvado! Obrigada, Senhor, por nos guiar até aqui! — ela ficava repetindo isso. Quando ela chegou até o Bobby, o envolveu com seus grandes braços e o abraçou. — Cara, você é mesmo um oásis no deserto! Meu nome é Latisha e eu dirigi esse ônibus da cidade até aqui! Enchi ele com pessoas que encontrei no caminho e tenho um médico de verdade ali atrás naquela ambulância! Será que você pode nos acolher? É seguro aqui? Eu também tenho crianças...e remédios.

Eu ri e estiquei meus braços para ela.

— Latisha, meu nome é Paul Stiles. Esse é o meu chalé, e vocês todos são bem vindos aqui, com uma condição: todos trabalham para nos mantermos seguros aqui. Se concordarem, sejam bem vindos.

Latisha acenou para mim.

— Ah, mas com certeza, não seja tolo, Sr. Stiles! Claro que vamos deixar tudo seguro! A gente não é idiota. Ela virou-se em direção ao ônibus. - Tudo bem, pessoal, pode sair! É seguro. Temos onde ficar!

Das sombras de dentro do ônibus, três homens surgiram, descendo os degraus em fila indiana. Cada um deles carregava o que parecia ser um rifle semiautomático, com tubos carregadores com capacidade extra. Nós não teríamos durado um minuto casso fôssemos uma ameaça.

Joguei minha cabeça para trás e dei uma longa risada alta. Logo estávamos todos rindo diante do absurdo da situação. Todos nós, mirando nossas armas, esperando para nos matarmos, sendo que os insetos provavelmente acabariam com todos nós. Se não neste inverno, na próxima primavera com certeza.

Quando paramos de rir, disse a Latisha que iríamos colocar algumas tábuas sobre o fosso para que ela pudesse atravessá-lo com o ônibus e estacioná-lo o mais próximo possível do chalé e dos outros veículos.

Capítulo 7

Mais trinta e três almas se juntaram a nós naquele dia, totalizando agora sessenta e uma. A história deles não era diferente da nossa. Eles mal conseguiram escapar da cidade, e enfrentaram as longas filas de veículos seguindo em direção as montanhas.

Latisha disse que eles pegaram a nossa estrada na esperança de encontrar um caminho que atravessasse a montanha. Quando contei a ela que a estrada terminava em outro chalé, ela começou a rir.

— Agradeço a Deus por ter trazido a gente aqui, então — disse ela. — Eu acredito que ele nos trouxe até aqui por um motivo.

Eles passaram a última noite dentro de uma garagem de concreto em Pine Valley, cidade que fora poupada até então por pura sorte.

— Mas, quando fomos embora, ouvimos o zumbido de alguns insetos voadores na parte leste da cidade. Nós caímos fora o mais rápido que aquele ônibus conseguia ir — disse Latisha.

O médico realmente era um "médico de verdade". Ele se chamava Jeremiah Case e estava na ambulância junto com dois paramédicos. O Dr. Case trabalhava como médico de pronto atendimento em Pine Valley. Já os paramédicos eram da cidade. Havia passageiros de todas as idades possíveis. As armas foram obtidas de uma loja de materiais esportivos em Pine Valley e alguns dos passageiros sabiam como usá-las. Um deles, Roger Tippet, era um ex-oficial da Marinha e lutara na guerra do Iraque.

Estávamos todos nos conhecendo, quando Lee Adams chamou-me.

— Paul! Acho que você precisa ver o que está na TV — gritou ele.

Acenei para ele e disse que todos que quisessem assistir também eram bem vindos para entrar.

Quando alguns de nós chegamos até a porta da frente, Lee disse:

— O repórter disse que os insetos estão tentando entrar no estúdio. Eles estão em um local subterrâneo, mas não acham que vão conseguir aguentar por muito tempo. Ele disse que os insetos entraram pelos dutos de ventilação.

— Ah, merda — eu disse.

Quase todos estavam dentro do chalé, assistindo o repórter suar de nervosismo.

...a situação não é boa, pessoal. Espero que tenhamos passado informações suficientes para que consigam sobreviver, mas, como podem ver, isso tudo pode não ser suficiente. Essas criaturas são obstinadas, fortes e famintas. Estamos ouvindo elas nos dutos, e parece que estão mordiscando as portas do abrigo. Acho que não temos muito mais tempo. Foi um prazer poder transmitir as notícias para todos vocês e obrigado pela audiência. Nós vamos virar as câmeras para cima para que não tenham que nos assistir morrendo. Adeus e boa sorte.

Após essas palavras, a câmera foi virada para o teto do abrigo e tudo que restou foram os sons. Era possível ouvir vozes falando alto, metal sendo quebrado, batidas e, finalmente, gritos. Eu desliguei a televisão.

— Isso é o bastante — eu disse. — Que Deus os abençoes, espero que tenham chegado ao fim logo.

Latisha abaixou a cabeça, e rezava em voz baixa por todas aquelas pessoas do abrigo do canal de notícias. Quando ela terminou, todos dissemos:

— Amém.

O DR. CASE PERGUNTOU se poderia montar uma pequena sala de exames em um dos quartos do andar de cima. Eu disse que podia usar o escritório, e que poderíamos tirar tudo de lá, se fosse necessário. E foi, com exceção da escrivaninha e da cadeira.

O bom doutor disse que ele e os paramédicos estariam a postos para qualquer coisa que necessitasse de atenção médica. Eu respondi que esperava que os serviços dele não fossem necessários.

— Pois já tenho alguém que precisa dos meus serviços — disse o Dr. Case.

— É mesmo? Qual é o problema? - perguntei.

— É um dos passageiros que vieram da cidade com a Latisha. Nunca vi nada parecido — ele concluiu.

Eu me debrucei sobre a escrivaninha.

— Doutor, preciso ser sincero com você. Tenho medo que essa onda de insetos chegue até aqui. Nós tivemos sorte por enquanto. Expliquei para ele sobre nosso encontro com a Cheryl e sobre o que acontecera com Ralph.

— Isso é interessante. Você já presenciou o período completo de incubação da infecção? Sabe quais são os sintomas iniciais? Quanto tempo demora do início até esse estágio dos olhos vazios que você descreveu?

Balancei minha cabeça.

— Não, doutor, não sei nada disso. Até onde sei, todos nós podemos estar infectados e só vamos descobrir quando começarmos a vomitar sangue e larvas.

— Essa é uma informação que eu não tenho. Será que você pode descrever isso que você acabou de comentar? Em detalhes? Pode ser útil para que possa ajudar os outros.

E foi isso que fiz. Os olhos vazios e leitosos, a habilidade de continuar se movimentando, mesmo com suas mentes e corpos sendo devorados de dentro para fora. A última tentativa de falar, o curvar da coluna e o vômito de todo o sangue, misturado com as larvas que crescem extremamente rápido.

— Pensando bem, doutor, eu não sei nem em que tipo de inseto as larvas transformam-se depois que crescem, a não ser por inferência, baseado no inseto que chegou na minha casa pelo esgoto. Eu imagino que o processo reprodutivo é essencialmente o mesmo, não importa o tipo de inseto gerado.

O Dr. Case passou as mãos no seu cabelo.

— Como pode alguém ter tido uma visão tão limitada das coisas? Como alguém pode ter sido capaz de criar essas criaturas geneticamente modificadas sem nenhuma preocupação com o resultado ou suas ramificações?

— Algumas pessoas simplesmente odeiam os EUA, eu acho. Eles provavelmente acharam que estavam agindo como mártires, heróis ou algo do tipo — pausei por um momento. — Agora, conte-me sobre o seu paciente.

O Dr. Case olhou para mim.

— Não sei se eu posso, levando em consideração o sigilo médico.

— Eu acho que isso já era, doutor — eu disse. — Eu preciso saber se essa pessoa é uma ameaça para todos nós.

— Porque? Para que você possa queimá-lo? — ele disse duramente. Imediatamente completou — Desculpe-me. Eu sei o quanto isso foi difícil para você e entendo porque teve que fazê-lo.

Eu escolhi não me irritar, mas tinha todo o direito.

— Entendido, doutor. E não se engane, eu farei a mesma coisa novamente, caso seja necessário. Tenho que manter todo o grupo seguro, é simples assim.

O Dr. Case olhou para o chão pensando sobre o problema.

— Tudo bem. É claro que você tem razão. — Ele respirou fundo. — O paciente foi penetrado por uma larva.

Senti meus olhos arregalarem-se.

— Doutor, isso é muito mal!

— Talvez não, Paul — ele respondeu. — Eu estava lá quando aconteceu e tomei várias precauções. Consegui pegar a criatura com um pequeno fórceps, e acredito que removi a maior parte dela do paciente, mas não tinha como ter certeza. Então, limpei o local com álcool e água oxigenada e apliquei um injeção de antibióticos, antivirais e...bem...praziquantel.

— O que é praziquantel?

O Dr. Case deu um pequeno sorriso.

— Um remédio para vermes.

— Um remédio *para vermes*? - perguntei descrente.

— É usado principalmente no tratamento contra solitárias. Parece ter funcionado, por enquanto. Ele foi infectado dois dias atrás, mais ou menos no mesmo horário em que o seu vizinho estava vomitando no seu cortador de grama.

Não conseguia acreditar. Remédio para vermes. Mas até que fazia sentido, e se tinha funcionado, melhor ainda.

Então algo me ocorreu.

— Mas nós não sabemos quanto tempo dura o período de incubação, não é mesmo?

O Dr. Case balançou a cabeça.

— Não.

— Então pode ser que ele ainda esteja infectado?

— Sim.

— Já que é assim, acho que devemos pô-lo em quarentena, por pelo menos mais uma semana.

— Com certeza — disse Case. — Onde quer colocá-lo? No seu quarto? No meu quarto? No ônibus onde tem um monte de gente dormindo? Ou podemos simplesmente pô-lo na câmara frigorífera.

Levantei minha mão.

— Já entendi onde você quer chegar, doutor. — pensei por um minuto. — Tudo bem, contanto que alguém fique com ele o tempo todo.

— É justamente isso que eu estava pensando.

E estava tudo resolvido. Pelo menos a respeito do paciente possivelmente infectado.

MAIS TARDE NAQUELE dia, eu verifiquei as baterias dentro de uma das edículas. Nossa reserva estava aguentando bem, e parecia que teríamos energia solar e eólica suficiente para manter tudo funcionando. Eu verificava algumas fiações, quando Bobby entrou.

— Paul, será que você pode vir comigo por um minuto? — ele perguntou.

— Claro. Peguei minha espingarda que carregava sempre comigo agora, e saí. — O que foi?

— Ouça — disse Bobby.

Fiquei em silêncio e prestei atenção. Só conseguia ouvir o vento e nada mais...a princípio. Aos poucos, comecei a perceber sons baixos, como o zumbido distante de uma serra-elétrica.

— Isso é uma serra-elétrica? — perguntei.

— Não tenho certeza — disse Bobby. — Fiquei ouvindo por algum tempo antes de decidir chamar você, mas não consegui ter certeza do que se trata. Aí pensei que dois pares de ouvidos funcionam melhor que um.

Prestei atenção por mais um tempo, mas o som diminuiu e desapareceu.

O sol estava se pondo, então dei de ombros e disse:

— Acho que quem quer que seja parou por hoje.

Bobby parecia preocupado.

— Talvez. É, talvez você tenha razão.

Sinceramente, depois de um tempo esqueci-me completamente do ocorrido. Nós estávamos tão ocupados naquela noite, tentando organizar os turnos de vigília com todas aquelas pessoas a mais e organizando a construção do fosso ao redor do chalé da Susan na manhã seguinte, que não pensei mais nas serras-elétricas.

Mas lembrei delas no dia seguinte. Lembrei muito bem.

BOBBY E BILLY FICARAM responsáveis pela construção do fosso no chalé da Susan. Os dois irmãos guiaram a equipe de construção pela estrada sinuosa que contornava a montanha até o chalé. Passado o chalé da Susan, a estrada tornava-se uma pequena trilha de terra, usada principalmente por caçadores e praticantes de rali.

Eu fiquei para trás no meu chalé, checando os geradores de emergência, organizando e armazenando os suprimentos e verificando se nossos armamentos estavam limpos, lubrificados e funcionando. Montei um local para trabalhar no jardim na frente da casa.

Era um dia quente para o final de setembro. As temperaturas estavam na faixa dos 20º C e o sol brilhava forte.

Logo Phyllis deixou-me para entrar no chalé. Ela e Susan estavam responsáveis por preparar o almoço. Michael, que também ficara para trás, sentou-se perto de mim, onde antes estava Phyl.

Nós três estávamos aproveitando o dia, e tendo a chance de nos conhecermos melhor.

— Paul, o que aconteceu com você na cidade? - perguntou Latisha.

— Nós mal conseguimos deixar nossa casa — respondi. Contei a ela e ao Michael tudo o que tinha acontecido naquela manhã e como quase não conseguimos sair da garagem. — Se não estivesse sol lá fora, aquela coisa em baixo do cortador de grama teria pegado pelo menos um de nós.

Tyrese, um dos passageiros do ônibus da Latisha, chegou no jardim com Richie enquanto contava minha história, e sentou-se para ouvir também.

— E você, Michael? — perguntou Latisha.

Michael contou a eles que não sabia nada a respeito dos insetos até eu aparecer na loja dele, o que acontecera com o cliente solitário que estava na vitrine da loja e sobre os insetos voadores dentro do mercado.

— Caramba. O McKelvie's — disse Latisha espantada. Ela olhou para o Richie, e então apontou para ele o reconhecendo. — É, eu lembro de você! Sempre supersimpático com todo mundo! E tinha também aquela mocinha boazinha que operava o caixa quando eu ia lá...uma magrinha, loira...

— Deve ser a Teresa — disse o Richie. — O Sr. Stiles salvou ela também. Ela tá aqui e a Millie também.

— *Millie?* Aquela *malandra!* Como é que eu não vi ela ainda?

— Não sei não, senhora — disse Richie.

— Acho que é porque vocês chegaram tarde ontem — eu disse. — Quando terminamos de alimentar e acomodar todo mundo, já era hora de *ir* dormir.

Latisha riu muito.

— Você tem razão, querido! Eu mal me lembro de você e dos Barnes!

— E você, Latisha? — perguntou Michael. — Como você saiu da cidade?

O sorriso desapareceu do rosto dela, como se um interruptor tivesse sido desligado.

— Eu ainda não contei a história toda, então vocês vão ter que ser pacientes. E pode ser que eu comece a chorar, então não é pra dar risada de mim, tá bom?

Estiquei o braço e apertei o ombro dela.

— Sem chance, Latisha. Todos nós vimos coisas que gostaríamos de esquecer.

Latisha olhou para baixo e disse:

— É, acho que você tem razão. — Ela levantou a cabeça e olhou para o horizonte. — Mas mesmo assim fico me perguntando.

— Se perguntando o que? - perguntou Michael.

— Se esse é o Juízo Final.

Claro que nenhum de nós tinha a resposta para essa pergunta.

Latisha respirou fundo.

— Tudo bem, vocês que pediram. Esta é a história de uma motorista de ônibus.

Capítulo 8

Eu não devia nem tá dirigindo aquele dia — disse Latisha. — Era minha folga, mas tanta gente ligou avisando que não ia trabalhar que meu supervisor me prometeu uma folga extra na semana seguinte, na sexta...e pagar hora extra para um turno inteiro se eu fosse trabalhar por apenas algumas horas. Cara, eu tenho quatro filhos, todos adolescentes...o dinheiro ia ser bem útil.

— Bom, eu bati o ponto e me deram um ônibus simples, menor, caindo aos pedaços para dirigir. Um ônibus municipal comum. A rota que eu ia fazer era diferente da que eu tava acostumada, mas já esperava por isso. Então, dei uma olhada na minha lista de coisas para fazer e comecei o turno.

Minha rota passava pelo lado leste da cidade.

Meus olhos arregalaram-se.

— Ah, merda! — eu disse.

Latisha balançou a cabeça.

— No começo não percebi nada de diferente. As pessoas subiam e desciam do ônibus normalmente. Algumas pareciam meio estranhas, mas na cidade é assim mesmo, né? O povo tá sempre meio estranho.

Reparei que a Latisha ficava dobrando e desdobrando sua flanelinha e evitava olhar para nós.

— Eu tenho um péssimo hábito quando tô dirigindo o ônibus — ela continuou. — Nem sempre eu reparo em todo mundo que entra. Quer dizer, não olho pra eles. Fico prestando atenção no trânsito e não nas pessoas. E como não era a minha rota de sempre, não tava muito afim de ficar socializando. Por isso não vi quando ela subiu no ônibus. Quer dizer, eu *vi* ela, mas não de verdade, entendem? Tyrese, quem foi mesmo que me avisou dela? Foi o Manuel? — perguntou Latisha.

Tyrese fez que sim com a cabeça.

— Acho que foi, Latisha.

Latisha concordou.

— Também acho que foi. — E a flanela continuava sendo dobrada e desdobrada. — O Manuel veio até a frente do ônibus e me disse que tinha uma moça passando muito mal no ônibus. E que Deus me perdoe, mas eu dei uma resposta atravessada, algo do tipo "e por acaso eu sou enfermeira?" — Seus olhos encheram-se de água e uma lágrima rolou pela sua bochecha. — No próximo ponto, todo mundo começou a falar que ela tava passando mal e precisava de ajuda. O ônibus tava parado, então eu levantei com a intenção de dar uma bronca em todo mundo. Então eu vi ela.

Latisha dobrou e desdobrou a flanela mais uma vez, e enxugou a lágrima que estava na sua bochecha com o dorso da mão.

— Ela tinha um cabelo preto comprido, muito fino e parecia que ele não tinha sido lavado há algum tempo. A pele dela tava pálida e os olhos dela tavam leitosos e vazios, iguaizinhos aos do seu vizinho, Paul.

Ela levantou a cabeça e olhou para o horizonte.

— Eu disse para ela descer do ônibus. Ao invés de procurar ajuda, eu disse pra ela descer da porcaria do ônibus. Aaaai, *Deus!* — Ela começou a chorar soluçando.

Estiquei o braço e apertei o ombro dela depois de um tempo.

— Latisha, não tinha como você ajudá-la àquela altura. Ela já estava morta.

—*Mas eu não sabia disso na hora!* — ela gritou. — Essa é a *questão,* Paul! Ao invés de ajudar a coitada da mulher, eu não queria ser incomodada por ela! Mandei ela sair do *ônibus* como se ela não fosse *nada!*

Ela chorou e soluçou mais um pouco. Quando se acalmou, voltou a falar.

— As pessoas me acharam desalmada e a mulher andou devagar até a porta da frente do ônibus. Um homem desceu com ela. Ele estava com uma mão nas costas dela e a outra segurando um dos braços. Eles deram dois passos depois de sair do ônibus, quando ela começou a fazer igual o seu vizinho. Ela vomitou um monte de sangue e uma *gosma* preta misturada nele. O homem que desceu com ela ficou coberto com a mistura. Aí ela vomitou de novo e deitou na calçada toda encolhida. Tava todo mundo olhando pelas janelas pra eles, quando de repente o homem começou a se estapear, como se tivesse tentando matar um monte de mosquitos. Até que ele saiu correndo rua abaixo. Eu fechei as portas e fui embora. Eu vi as larvas no meio do vômito dela e vi as que foram parar no homem. Eu não ia ficar esperando para ver o que ia acontecer depois. Passei um rádio para a central e contei o que tava acontecendo, e mandaram eu voltar pra garagem, que a mesma coisa tava acontecendo na cidade inteira. Gritei pra todo mundo que a gente tava indo pro ponto final e que ia deixar todo mundo onde precisasse, mas que era uma situação de emergência, e ponto final. Começamos a voltar e se a gente via uma pessoa com aqueles olhos vazios, uma quadra depois tinha mais uma dúzia. Algumas delas vomitaram bem na hora que passamos.

Depois de quatro quadras vimos o primeiro inseto.

— Sabe, a gente nem imaginava, mas a Latisha salvou todo mundo quando mandou aquela garota descer do ônibus — disse Tyrese. — Se ela tivesse vomitado lá dentro, todos nós já teríamos sido comidos a essa altura. — Ele riu. Foi uma risada rouca e baixa. — A mulher salvou as nossas vidas e todo mundo chamando ela de vaca entre outras coisas! — Ele ficou sério de novo. — Ela tem razão. Aquele primeiro inseto era do tamanho de um cocker spaniel...e parecia uma centopeia grande, mas tinha uma tromba comprida, com dentes, e o corpo todo peludo, meio vermelho, igual pelo de raposa. A coisa atravessou a rua bem na nossa frente, perseguindo um bêbado qualquer. Ela alcançou ele, e derrubou-o com toda facilidade, cara! Aí arrancou a cabeça dele. E a Latisha continuou dirigindo. Algumas quadras depois, passamos por um grupo grande de insetos voadores, iguais aqueles que vocês viram no mercado. Vimos eles derrubarem três pessoas e depois cortarem elas em pedaços. Alguns deles atingiram o ônibus, mas só conseguiram fazer um amassado no teto.

— Depois disso, ninguém tava me xingando mais, graças a Deus — disse Latisha. — Agora era só "vai mais rápido" ou "não para". — Ela voltara a dobrar e desdobrar a flanela, então olhou para o horizonte novamente. — Deus me perdoe, mas eu atropelei algumas das pessoas de olhos vazios. E muitos insetos. A luz do sol não parou nenhum deles, Paul. Você não tem noção do tumulto que tava, gente correndo pra tudo quanto é lado, insetos se alimentando e colocando ovos e correndo por toda a parte, carros dirigindo em todas as direções...o lado leste da cidade estava uma loucura, pessoal. — Desdobra, dobra. — A gente evitou a via expressa. Toda vez que chegávamos perto de uma rampa de acesso dava pra ver como estava cheia. Os carros não conseguiam andar e não era por causa do trânsito. Era por causa dos insetos! Eles tavam por todo canto!

Um homem hispânico, um dos passageiros de Latisha, Pablo era o nome dele, eu acho, tinha juntado-se a nós nessas últimas frases. Ele então fez alguns comentários.

— E a Latisha continuou dirigindo. Não importava o que aparecia na frente daquele ônibus. A Latisha continuava dirigindo. Ela salvou todos nós.

Dobra, desdobra.

— Conforme a gente ia mais para o oeste, a quantidade de insetos diminuía cada vez mais — ela disse. — O que foi bom, porque senão não teríamos conseguido escapar.

— Alguns caras ligaram o rádio — acrescentou Tyrese. — E disseram que as montanhas eram o lugar mais seguro.

— E foi pra lá que fomos — disse Latisha. — Chegamos a Pine Valley mais ou menos meia hora depois de escurecer e decidimos arriscar passar a noite lá e seguir viagem pela manhã. Achamos um posto de gasolina velho, com uma garagem de portões duplos. Não tinha ninguém lá, então estacionamos o ônibus lá dentro, fechamos as portas e selamos todas as entradas.

Pablo então disse:

— Mas alguns de nós saíram. Nós precisávamos de armas...comida. Então arriscamos sair do posto.

— E ainda bem que arriscaram — disse Tyrese. — Achamos uma loja de penhores que alguém deixou aberta. Ela tinha uma sala secreta nos fundos. Foi lá que encontramos as metralhadoras.

Nós pegamos tudo que conseguimos carregar e levamos de volta para a garagem. Então, saímos de novo para procurar comida — continuou Pablo. — O mercado estava vazio também. Todo mundo tinha ido embora, mas não levaram nada!

Então, demos sorte com a comida também, cara — disse Tyrese. Precisamos de três viagens e muita criatividade pra armazenar tudo, mas conseguimos colocar tudo no ônibus.

— Como vocês conheceram o Dr. Case? — perguntou Michael.

— Por pura sorte — disse Tyrese.

Latisha então deu uma risada.

— Ele e os dois paramédicos chegaram com as sirenes ligadas no estacionamento do posto de gasolina, deixando marcas de pneu por todo lado, de tão rápido que pararam! Os três saíram de lá de dentro correndo como se estivessem pegando fogo ou fugindo do diabo!

— Por que eles saíram da ambulância desse jeito? — perguntei.

— Foi por causa do Manuel — disse Latisha. — Uma larva estava lá atrás com eles...

Eu a interrompi, já que podia supor que era do Manuel que o Dr. Case falara.

— Não precisa falar mais nada! Eu também não iria querer ficar perto de uma larva daquelas se não precisasse! — Não queria que todos ficassem sabendo da provável infecção do Manuel. Por enquanto achava melhor guardar essa informação para mim.

Latisha pareceu ter percebido isso e não continuou a história.

— Então, resumindo, eles se juntaram a nós. Na manhã seguinte começamos a subida, estávamos determinados a encontrar algum lugar onde pudéssemos fechar as portas e dormir. E então encontramos vocês. — Desdobra, dobra. — Eu só espero que Deus possa me perdoar por ter expulsado aquela mulher do ônibus daquele jeito e por ter atropelado todas aquelas pessoas de olhos vazios.

Muito baixo e longe, eu comecei a ouvir a mesma serra-elétrica que eu o Bobby tínhamos ouvido no dia anterior. O barulho começava e parava, como se estivesse sendo carregado pelo vento por toda a montanha.

— Vocês estão ouvindo isso? — perguntei.

Todos ficaram quietos e prestaram atenção.

— Parece uma serra-elétrica — disse Richie.

— Também pode ser um daqueles aeromodelos, controlados por controle remoto e ondas de rádio, ou algo do tipo — disse Tyrese.

O som aos poucos foi tornando-se mais alto.

— Eu não acho que isso seja um aeromodelo, nem uma serra-elétrica — disse Michael.

Escutamos por mais alguns momentos, até que não aguentei mais a incerteza.

— Vamos nos preparar, pessoal — eu disse.

Cada um de nós pegou uma arma e carregou-a. Começamos a olhar ao nosso redor, esperando para ver o que surgiria do meio das árvores. O que quer que estivesse fazendo aquele zumbido, sabíamos que não era humano.

Enquanto olhávamos, Susan abriu a porta do chalé e nos chamou.

— O almoço está pronto! Venham comer!

Quando ela terminou de falar, a fonte do barulho surgiu por entre as árvores, do lado norte. Tinha o formato de uma vespa, com asas compridas e negras, e um abdome esbelto. No entanto, as semelhanças acabavam por aí. Tinha uma única antena comprida, como todos os outros insetos, mas essa coisa tinha também uma espécie de focinho comprido, quase canino, cheio de dentes e com uma língua comprida. O seu pelo era preto e amarelo, como uma abelha, e tinha oito pernas. No final de cada perna havia uma espécie de pata, e cada uma delas tinha cinco dedos, com garras retráteis na ponta de cada um deles. As garras pareciam muito afiadas. Seus olhos não eram multifacetados, como costumam ser em insetos. Ao invés disso, eram pretos, sem expressão e vazios, e pareciam-se com os olhos de um réptil. O monstro tinha pelo menos 2,10 m de altura.

Um pensamento passou pela minha cabeça e amaldiçoei o cientista cuja imaginação fora responsável por criar esse ser.

Susan gritou da varanda. Disparei minha espingarda, mas aparentemente errei o alvo completamente. A coisa começou a voar em ziguezague, como uma mosca que acaba de ser acertada por um mata-moscas. Latisha e Michael atiraram e ambos erraram. Richie disparou o revólver .38 que carregava e conseguiu acertar a criatura de raspão, pois seu zumbido ficou mais alto e mais raivoso.

O monstro gritou.

Mais tarde, todos concordamos que aquilo que ouvimos fora um grito. Era um grito agudo que saía de seu focinho. Nós continuamos atirando, e a coisa continuava desviando-se das balas. Começava a vir na nossa direção no jardim, então recuava novamente, e todos tivemos que nos abaixar algumas vezes.

Enquanto isso, Susan, Phyllis e alguns outros começaram a atirar da varanda. Ambas as mulheres usavam rifles e as duas conseguiram acertar a criatura de leve. A coisa gritou novamente, um uivo longo e penetrante, aparentemente de dor. Estava sangrando e o sangue era de um tom marrom escuro. Gritou mais uma vez e aterrissou no jardim da frente da casa, a cerca de 15m de nós.

Depois que aterrissou, Tyrese começou a atirar nela com a metralhadora. Ele esvaziou toda a munição na lateral dela, enquanto nós também atirávamos.

Logo, tudo que restava do monstro voador era uma carcaça sangrenta, mutilada por nossas armas.

Ficamos em silêncio, olhando para a criatura.

Tyrese foi o primeiro a falar.

— *Maldição!* Achava que as montanhas fossem *seguras!*

Latisha pôs a mão no ombro dele.

— Calma, Tyrese. Já acabou.

Mas não tinha acabado.

Ouvimos um grande zumbido vindo da mesma direção que a primeira criatura viera. Voando sobre as copas das árvores, cinco mais apareceram no céu sobre o nosso jardim.

Essas cinco eram pelo menos duas vezes o tamanho da primeira. Se isso servisse como indício, aparentemente tínhamos acabado de matar um filhote, e, se por acaso fosse o filhote delas, imagino que estivessem um pouco chateadas.

— Mas que merda! — eu gritei. — Atirem! Atirem nelas! Entrem na casa! Vão logo! Corram!

É muito difícil atirar com precisão enquanto corre para salvar sua vida. O máximo que pode-se esperar é acertar um tiro por sorte. Nós não tivemos sorte.

Um dos monstros voadores deu um rasante e derrubou Pablo. Ele gritou. Um segundo aterrissou em cima dele e cravou suas garras nas costas dele. Então curvou o abdome exatamente da mesma maneira que uma vespa, e empalou o Pablo com um ferrão de 30 cm que tinha a mesma circunferência de um braço humano. Ainda atingiu-o mais duas vezes antes que Tyrese se ajoelhasse e começasse a disparar a metralhadora. Só havia mais cerca de 20 tiros na câmara. Ele conseguiu ferir o monstro, e arrancou com tiros uma de suas asas, mas não foi o suficiente para matá-lo. Ferido, não conseguia mais voar, mas soltou as garras do Pablo e tentou mancar para longe.

O restante de nós já estava na varanda quando as quatro bestas voadoras moviam-se rapidamente no jardim tentando proteger seu companheiro. Tyrese recarregou a metralhadora e já estava pronto para voltar a atirar, mas era tarde demais. Uma das bestas o acertou pelas costas. A metralhadora voou para longe. A expressão no rosto daquele homem era pura dor, enquanto assistíamos, a criatura levantou Tyrese do chão e começou a voar carregando ele, como uma aranha apanhada por uma vespa.

Atiramos na direção da besta, mas não muito. Tínhamos medo de atingir o Tyrese. Enquanto o assistíamos ser carregado para longe, outra criatura deixou-se agarrar com as garras pela ferida, e ambas voaram embora. Uma terceira criatura carregou o filhote.

Pablo ficou estirado, morto, no jardim da frente enquanto os monstros retornavam ao seu covil.

MAIS TARDE NAQUELE dia, enterramos Pablo no limite das árvores, ao lado da Cheryl. Nós o cremamos caso a criatura tivesse posto ovos quando o ferrou. Latisha disse algumas palavras em homenagem ao nosso companheiro abatido e nos guiou em uma oração.

Quando ela terminou, eu disse:

— Reunião. Todos. Lá dentro.

Quando todos já estavam dentro do chalé, com vigias na varanda da frente e de trás, comecei a dizer tudo o que tinha para dizer.

— Alguém viu mais algum avião hoje? — perguntei.

Silêncio total.

— Tudo bem, alguém tentou ligar o rádio?

Silêncio total.

— Alguém usou o celular? — Já sabia a resposta para essa pergunta, quase todos levantaram a mão. — Alguém deu sorte? Eu sei que ainda há serviço por causa da torre, mas alguém conseguiu falar com alguma pessoa de fora do nosso grupo?

Silêncio total novamente.

— O que você está tentando dizer, Paul? — perguntou Bobby.

Eu respirei fundo.

— Eu acho que estamos sozinhos. Não acho que haja nenhum tipo de ajuda organizada a caminho, e realmente acredito que vamos ter que ajudar a nós mesmos.

Houve uma série de murmúrios concordando.

— Está claro que aquelas coisas voadoras tem um ninho aqui perto, em algum lugar nas montanhas. O que vocês acham que devemos fazer a respeito?

— Você acha que eles vão voltar? — alguém perguntou. Não conseguia ver quem era.

— É claro que vão voltar — eu disse. — Nós matamos um deles, e ferimos outro. Eles levaram o Tyrese como lanche ou como um lugar para pôr os ovos. Quando perceberem que somos um alvo fácil, eles irão voltar. E não acho que esse chalé aguentará um ataque de verdade desses insetos. — Olhei para algumas expressões. — Então, mais uma vez, o que vocês acham que devemos fazer?

— O que você quer que a gente diga, Paul? — perguntou um dos paramédicos. — Todos nós estamos morrendo de medo daquelas coisas, mas não ficaremos seguros enquanto elas estiverem por perto.

— Você quer que a gente vá caçar o ninho, não é mesmo? — perguntou Billy Barnes.

Todos estavam me encarando. Finalmente concordei.

— Sim. Eu quero. Acho que devemos pegar o lança-chamas, encontrar o ninho e queimá-lo.

Richie estava balançando a cabeça.

— Não. Não. Eu não. Você viu o tamanho daquelas coisas? E aqueles foram só os que a gente *viu*! Não. Não contem comigo, ã-ã.

— Tem mais uma coisa que precisamos considerar — disse Bobby Barnes. — As montanhas são supostamente seguras, segundo o último comunicado do governo, porque as temperaturas estavam baixas demais para os insetos. — Ele olhou ao redor. — E se aquelas coisas não forem as únicas criaturas que fizeram suas casas nestas montanhas? Precisamos saber porque aquelas coisas estão aqui.

— Nós sabemos que essas criaturas possuem pulmões. Ouvimos isso nos informativos da central de polícia pelo rádio. Eu tenho uma teoria de que muitos desses insetos possuem características de mamíferos...incluindo o sangue quente.

— O que significa isso, ter sangue quente? — perguntou Manuel.

O Dr. Case respondeu.

— Isso significa que esses insetos são responsáveis por gerar seu próprio calor. E se eles conseguem gerar o próprio calor, eles conseguem viver em temperaturas mais frias, caso haja abrigo disponível. — Ele cruzou os braços e apoiou um dedo no queixo. — Se eu tivesse um exemplar da espécie, poderia fazer uma autópsia. Dissecá-lo, para ver se meu palpite está correto.

— E que Deus tenha piedade de nós se o Dr. Case conseguir provar o que disse — falou Latisha.

Diversos sussurros de "Amém" surgiram de toda parte do térreo do chalé.

Comecei a falar.

— Acho que está decidido, então. Vamos mandar uma equipe para procurar e destruir o ninho amanhã na direção que aquelas criaturas voaram. Talvez teremos sorte e acharemos o ninho.

Alguém na multidão disse:

— É mais provável que você seja comido pelo ninho.

— Pode ser que sim, mas é um risco que precisamos correr. Michael, aqueles walkie-talkies ainda estão funcionando bem? — perguntei.

— Estão sim! — ele afirmou.

— Bom. Quem quer ir comigo? — perguntei.

— Você não vai, Paul — disse Bobby.

O silêncio tomou conta da sala.

— Como é que é? — perguntei.

— Você é o líder do grupo. Você é responsável por todos nós. Você vai ficar aqui, e isso não é discutível.

— Como assim, espera aí...! Comecei.

— *Não,* Paul. Caso o grupo de busca vire o "grupo de lanchinho da terça-feira" para os insetos, então o líder do grupo ainda estará vivo para planejar o próximo ataque. Você é valioso demais para o grupo para se arriscar assim — disse Bobby.

Eu olhei ao redor.

— Todo mundo concorda com isso?

Um "Sim" retumbante veio de toda a sala.

Bobby olhou para mim e deu uma piscadela.

— Vou levar quatro pessoas comigo. Eu quero o Nick, Manuel, Michael e Susan. Alguém se opõe? — Nick era o motorista do caminhão de gasolina.

Ninguém se opôs.

Bobby balançou a cabeça.

— Bom. Saímos ao amanhecer. Encontrem-me do lado de fora da construção do freezer.

— Tem mais uma coisa sobre a qual devemos começar a pensar — eu disse. — Precisamos de mais comida e mais roupas. Precisamos considerar fazer uma rápida viagem até Pine Valley.

Todos começaram a falar, então.

Finalmente, Susan manifestou-se.

— Paul tem razão. Nós não temos suprimentos suficientes para todo o inverno. Com certeza precisamos de roupas quentes e toda comida congelada que pudermos encontrar. Se não fomos buscar isso agora, e a energia acabar, a comida irá estragar. Agora é a hora de aproveitarmos tudo que pudermos encontrar.

Houve diversos sussurros concordando.

— Tudo bem, pensaremos sobre isso por mais um ou dois dias — eu disse. — Agora, vamos nos preocupar com a nossa equipe de busca e o trabalho que eles terão pela frente amanhã. Vamos todos rezar por eles, e torcer para que tenham sucesso!

Capítulo 9

O grupo partiu na manhã seguinte. Eles levaram dois lança-chamas e um galão de cinco litros de gasolina. Eles também levaram umas outras coisinhas que Bobby me mostrara...duas granadas de mão que ele tinha pegado do arsenal da Guarda Nacional.

Na noite anterior, logo após da reunião, eu chamei Susan de canto para conversar. Phyllis também foi.

— Susan, você tem certeza que quer fazer isso? — perguntei.

Susan olhou para nós dois e percebeu nossa preocupação.

— Sim. Eu quero ir. Para mim, é uma vingança por ter perdido a Cheryl para aquelas criaturas.

— É só por isso? — perguntou Phyllis.

Susan pensou um pouco antes de responder.

— Claro que não. O mundo que a gente conhecia acabou, minha vida acabou também, por que a Cheryl se foi. Eu não tenho nenhuma intenção de morrer de propósito, mas digamos que: se eu morrer, não vou me importar. É isso que vocês queriam saber?

Depois desse discurso, Susan saiu andando.

Então, na manhã seguinte, os cinco partiram para caçar o ninho daquelas criaturas voadoras. Antes que partissem, pedi Bobby para se aproximar e sussurrei para ele o pouco que eu sabia sobre a história do Manuel e do que o Dr. Case tinha me contado. Bobby disse que ele ficaria atento a qualquer mudança.

Eles partiram sem muita cerimônia, mas muita gente tinha se reunido para vê-los pelo que muitos esperavam que seria a última vez. Conforme desapareciam por entre as árvores em direção ao norte, todos torcíamos pelo sucesso da operação e rezávamos em silêncio pela segurança do grupo.

Enquanto isso, Phyllis e eu conversávamos com algumas pessoas sobre o plano de ir até a cidade buscar mais suprimentos. Por mais estranho que pareça, Richie queria ir. Ele até mesmo fez uma sugestão inteligente.

— Porque não vamos à noite? A maioria dessas criaturas parece dormir durante a noite. Pode ser mais seguro — disse Richie

Eu poderia ter comentado sobre o fato das larvas ficarem atordoadas na luz do sol, mas, ao invés disso, recostei-me em minha cadeira e refleti. Realmente era uma boa ideia.

— Richie, essa é uma ótima ideia!

O jovem ficou um pouco encabulado, mas pareceu orgulhoso pelo elogio. Teresa estava sentada ao lado dele. Ela sorriu para ele e entrelaçou seu braço no dele.

Eu olhei para Phyllis.

— Vamos essa noite, então.

— O que você achar que é melhor, Paul — ela respondeu.

— Quanto espaço ainda temos no freezer? — perguntei.

— Bastante — disse Phyllis. — E se ele ficar cheio, podemos usar o da Susan.

E foi isso que resolvemos. Nós não falamos mais sobre Susan ou qualquer um dos membros do outro grupo. Nós não esperávamos que fossem voltar por pelo menos mais um dia, isso se eles voltassem.

Para a missão de hoje, eu iria guiar o caminho e nós levaríamos o ônibus. Billy Barnes também ia e Richie voluntariou-se também. Latisha também queria ir e não aceitou não como resposta.

— Vocês acham que vão levar o meu ônibus sem *mim*? — ela disse. — Pode pensar de novo, senhor escritor!

Lee Adams, o homem mais velho da caminhonete, voluntariou-se, e Bernice fez o mesmo. Eu me opus. Eu achava que eles não deveriam ir, mas Bernice resumiu bem a situação.

— Paul, podemos ajudar. Nós temos experiência com situações difíceis e você sabe que pode contar com a gente. Do que mais você precisa?

Lee completou:

— É, você sabe que não vamos desertar. Somos velhos demais para correr.

Dei risada do comentário e concordei em deixar eles ajudarem.

Phyllis estava preocupada.

— Paul, você não acha melhor levar mais algumas pessoas com vocês? Acho que vocês não são o bastante.

— Não, querida, se levarmos mais gente não teremos muito espaço no ônibus. Eu acho que nós ficaremos bem assim. Só vamos passar em um mercado e uma loja de roupas. E se conseguirmos achar um supermercado grande que pareça seguro e que tenha roupas e alimentos, só precisaremos fazer uma parada.

— Você não quer que eu vá também?

— É claro que quero, mas quem irá cuidar das crianças? Nós não sabemos quando os outros irão voltar, e, para falar a verdade, eu nem sei o nome da maioria dessas pessoas. Não, preciso que você fique aqui com as crianças e peça o Dr. Case para ficar alerta também.

A Phyl não gostou nada, mas não discutiu. Era a coisa lógica a se fazer.

Partimos às sete naquela mesma noite. Já tinha anoitecido há bastante tempo, e havia muito pouca iluminação natural.

Latisha dirigia. Todos estavam completamente armados com o que tínhamos, e Richie tinha um lança-chamas preso às suas costas. Latisha desceu a estrada estreita com cuidado e sem pressa. A viagem até Pine Valley foi tranquila.

— Tem um Walmart bem na entrada da cidade — Lee disse. Podemos tentar lá.

Concordei.

— Vamos lá. Você pode explicar o caminho para Latisha?

— Claro! — Lee levantou-se e foi até o lado de Latisha e em cinco minutos estávamos no supermercado.

O estacionamento tinha alguns poucos carros parados, mas todos pareciam abandonados. Alguns tinham as portas escancaradas, e em outros a luz interna ainda estava ligada. Uns poucos carros estavam virados, e tinha uma enorme criatura parecida com uma centopeia morta debaixo de um deles. Estava morta... ou pelo menos esperávamos que estivesse. As luzes dentro do mercado ainda estavam totalmente acesas, o que significava que os freezers ainda estavam funcionando. Latisha dirigiu devagar passando pela entrada do mercado. Não vimos nenhum sinal de pessoas...ou insetos.

— Onde quer estacionar, Paul? — perguntou Latisha.

— Bem em frente a porta — respondi. — E deixe o motor ligado. Caso precisemos sair correndo, não quero ter que esperar o motor ligar.

Latisha parou o ônibus em frente à entrada que dava para a mercearia do mercado.

Levantei-me e disse a todos:

— Tudo bem, não vamos olhar o tamanho das roupas. Simplesmente peguem um carrinho e encham-no. Calças jeans, roupas de baixo, meias, camisas e casacos... tudo isso vai dentro do carrinho. Quando ele estiver cheio, tragam-no aqui fora e carreguem tudo na parte de trás do ônibus. Nós *não* vamos nos dividir! Vamos ficar juntos e vamos ficar alertas! Quando terminarmos de pegar as roupas, iremos ver os outros mantimentos. Todos prontos?

Todos estavam.

— Tudo bem, Richie, o seu lança-chamas só será usado como último recurso. Não queremos incendiar o mercado antes de conseguir pegar tudo que precisamos.

Latisha abriu as portas e eu fui na frente. Reunimo-nos na calçada em frente à entrada e prestamos atenção para tentar ouvir alguma coisa. Não havia um único som humano que pudesse ser ouvido. Nenhuma conversa, nenhum cachorro latindo, nenhum carro... nada. Isso era mal.

Por outro lado, nós não ouvimos nenhum inseto também. Isso era bom.

O primeiro par de portas automáticas se abriu. Entramos com cuidado. Andamos alertas pelas máquinas de venda automática, pelos brinquedos para crianças e caixas eletrônicos. O segundo par de portas automáticas se abriu, e entramos no mercado. Era estranho. Não havia nenhum som, nenhuma música ambiente tocada pelo alto-falantes e nenhum som de pessoas. Nenhum apito dos caixas quebrou o silêncio, e não podíamos ouvir nenhum som de carrinhos sendo levados pelos corredores.

— Tudo bem, estou oficialmente assustado — disse Billy. — Nunca presenciei um silêncio tão absoluto como esse em um mercado assim.

— Eu sei, não é mesmo? — eu disse. — É como se o mundo tivesse parado. — Olhei uma última vez ao redor analisando o que podia ver do local. — Cada um pegue um carrinho. Vamos buscar umas roupas.

Pegar os carrinhos pareceu fazer um barulho ensurdecedor. O barulho que cada um deles fazia ao ser puxado para separar-se do restante parecia ecoar no mercado vazio e voltar até nós mais fraco, como uma sombra do som original. Devagar, empurramos eles pelo mercado, pausando em cada intersecção de corredores e olhando ao redor para procurar qualquer sinal de movimento.

— Você percebeu? — perguntou Bernice. — Imaginei que a loja já teria sido saqueada à esta altura.

— Com certeza! Parece que ninguém teve tempo de fazer isso. — Os insetos devem ter atacado rápido e de maneira avassaladora — respondeu Billy.

— Estranho — Eu respondi. — Vamos pegar logo o que precisamos e ir embora.

Fomos até a seção de roupas. Começamos pelas roupas femininas.

— Peguem roupas quentes, ouviram — disse Latisha. — Casacos primeiro, então sutiãs, calcinhas, jeans... ah! Paul, também precisamos pegar sapatos.

Começamos a jogar as roupas dentro dos carrinhos. Nós não nos preocupamos com tamanhos ou estilos. O principal era que a roupa fosse quente e prática. Se era feminina, ia para dentro do carrinho.

Tínhamos acabado de encher dois carrinhos quando ouvimos:

— Hei! Parem com isso! Parem com isso agora!

Todos nós seis paramos ao ouvir a voz e seguramos nossas armas prontos para atacar. Em pé no meio do corredor estava um homem irritado de gravata, apontando o dedo para nós. Na sua placa de identificação estava escrito "Walt - Gerente Assistente" e sua expressão era de uma surpresa que chegava a ser cômica. Sua calça cáqui de repente tinha uma mancha escura que se espalhava da virilha até a metade da coxa. Ele havia se mijado de medo. Ter cinco espingardas e um lança-chamas apontados na sua direção por pessoas assustados pode ter esse efeito.

— V-vocês não deveriam e-est-ar aqui — gaguejou Walt. — A empresa não vai gostar nada disso. E roubar é contra a lei! — Sua expressão de medo era agora um misto de medo e esperança. — Vocês podem ser *processados!* — Walt disse essa última frase como se isso importasse... como se fosse a coisa mais importante da vida dele.

Eu abaixei minha espingarda, e sinalizei para que todos fizessem o mesmo.

— Walt — eu disse. — Eu sou o Paul Stiles. Eu tenho um chalé nas montanhas e essas pessoas estão hospedadas comigo. Nós precisamos de suprimentos e vamos levar isso. — Eu pausei. — Walt, o que você sabe sobre os insetos? As criaturas?

Walt começara a revirar os bolsos assim que falei meu nome. Quando terminei de falar, ele tinha um bloco de anotações pequeno de espiral nas mãos. Ele começou a revirar os bolsos novamente.

— Precisa de uma caneta, colega? — perguntou Billy. — Ele estava segurando uma, com o braço esticado na direção do Walt.

Deus que me perdoe, mas o Walt parecia tanto o Don Knotts que na hora comecei a rir. Não consegui evitar.

— Qual é a graça, Paul? — perguntou Lee.

Citei uma frase do Andy Griffith Show.

— Sua bala está aí, Barney?

Todos eles, exceto o Richie, entenderam a referência e começaram a rir. Richie era muito novo e não conhecia o programa.

Finalmente parei de rir.

— Então, Walt, você *sabe* sobre os insetos, não sabe?

Walt, que estava fazendo anotações, concordou com a cabeça. Ele relaxou os braços e começou a chorar de repente.

Bernice foi até o lado dele, e colocou uma mão em seu ombro. Walt reagiu virando-se e afundando o rosto do ombro dela. O choro dele intensificou-se, e Bernice deu vários tapinhas nas costas dele por alguns minutos, até que ele conseguiu se acalmar. Ele finalmente se afastou do ombro da Bernice, tirou um lenço do bolso e assoou o nariz fazendo um barulho alto.

— Walt, você vai para o chalé com a gente. — Virei-me para o resto do grupo. — Certo?

Todos concordaram.

— Obrigado. — Walt assoou o nariz uma última vez e guardou o lenço de volta no bolso. — Sim, eu sei sobre os insetos. Matei um no estoque.

Tenho certeza que meu queixo caiu de surpresa. Billy olhava para Walt com novos olhos, como se estivesse o medindo. Richie estava sem reação e Latisha balançava a cabeça concordando.

Lee também estava surpreso.

— Como você fez isso, rapaz?

Walt sorriu.

— Misturei um pouco de ácido bórico com água em um galão de gasolina. Então, subi nas prateleiras do estoque e esperei que passasse por mim. Encharquei a cabeça dele com a mistura e ele morreu. Dolorosamente. — Ele pausou. — Era um daqueles compridos, igual ao que está no estacionamento.

Uma das centopeias. Eu estava impressionado com a simplicidade da coisa toda.

— Como você conseguiu mantê-los fora do mercado?

O sorriso de Walt aumentou ainda mais.

— Eu borrifei uma lata de inseticida em cada entrada e despejei um pouco de ácido bórico nas portas grandes do fundo. Também jogo um pouco em cada privada toda vez que dou descarga.

— Isso é simplesmente incrível. — Virei-me para os outros. — Vocês acreditam em como isso é simples?

— Eu também uso água sanitária às vezes — acrescentou Walt. — E produtos químicos para piscinas. Tudo funcionou e por enquanto manteve os insetos do lado de fora.

Olhei para o Billy. Ele parecia estar tão chocado quanto eu.

— Não acredito que é tão simples assim.

Walt se encheu de orgulho.

— Querem ver o inseto morto? Está lá nos fundos! — Ele começou a andar em direção ao estoque.

— Não, não, Walt, não precisa. — levantei minha mão para que parasse. — Escute, Walt, nós temos um chalé confortável nas montanhas e vamos levar você para lá. Você está sozinho?

Walt fez que não.

— Não, tem mais duas pessoas comigo.

Balancei a cabeça.

— Bom. Então elas vão também. Mas, agora, precisamos começar a carregar essas coisas para o ônibus, e vamos acrescentar alguns itens à nossa lista... como ácido bórico, água sanitária e produtos químicos para piscinas.

Walt gesticulou para cima. Tinha uma câmera ali, atrás de um globo preto. Logo, outro homem e uma jovem tinham se juntado a nós.

Walt os apresentou. O homem chamava-se Carlton, e a mulher Heather.

— Prazer em conhecê-los, pessoal. Vamos começar? — voltei a encher os carrinhos com roupas.

Com nove pessoas ajudando, em pouco tempo tínhamos roupas, sabonetes, material para acampamentos e produtos químicos. Eles encheram metade do ônibus. Agora era hora de pegar os alimentos congelados.

Latisha estava pronta para ir.

— Estou com um mal pressentimento, Paul. Precisamos ir logo.

Billy concordou.

— É, eu estou sentindo a mesma coisa, chefe.

Senti um calafrio subindo pelo meu braço.

— Eu também. — Virei-me para Heather, que estava ao lado do Richie. — Heather, não tem nenhum inseto aqui à noite, têm?

Ela balançou a cabeça.

— Normalmente não, a não ser que você conte aquelas coisas que parecem mariposas. Elas sempre ficam circulando as luzes do estacionamento.

Eu gelei.

— Quão grande elas são?

— Mais ou menos do tamanho da cabeça de uma pessoa. Nada grandes, comparadas com os outros insetos.

— Elas perseguem pessoas?

Heather balançou a cabeça novamente.

— Ninguém apareceu por aqui desde que as mariposas apareceram.

Isso não significava nada. Por um lado, as tais mariposas podiam ser inofensivas. Por outro, podiam ser letais para pessoas.

Fiz um comunicado.

— Tudo bem, pessoal, encham seus carrinhos com carne fresca. Podemos usá-la logo e congelar o resto. Depois, peguem toda a carne congelada que conseguirem. Eu vou pegar um carrinho e enche-lo com vegetais congelados. Um carrinho por pessoa e vamos dar o fora daqui. Estou com um pressentimento ruim.

Acho que todos estavam com um pressentimento ruim, pois dez minutos depois todos os carrinhos já estavam cheios. Fizemos um fila em frente a porta.

— Tudo bem, vamos fazer igual da última vez. Levem os carrinhos para fora, e nós vamos formar uma corrente e ir passando os suprimentos até o ônibus. Vamos lá! — Eu fui na frente.

No lado de fora, Billy e Richie se afastaram um pouco do grupo para manter guarda. Lee, Bernice e Latisha estavam dentro do ônibus arrumando os alimentos. Walt e eu estávamos do lado de fora das portas passando os alimentos para dentro. Carlton e Heather formavam o resto da corrente. Quando esvaziávamos um carrinho, empurrávamos ele para longe e pegávamos o próximo.

Billy disse em voz baixa:

— Lá vem.

Virei-me para olhar e do lado norte do estacionamento vinham as mariposas. Elas formavam um enxame grande, e se amontoavam rapidamente sobre as luzes do estacionamento. Então algumas se distanciavam e iam para outra luz. Depois mais algumas faziam o mesmo e iam para outra luz.

Nós tínhamos cerca de trinta segundos antes que nos alcançassem.

— Walt, pegue o carrinho! Vamos levantá-lo e colocá-lo dentro do ônibus! —Levantei o meu lado e Walt fez o mesmo com o lado dele e colocamos o carrinho no braço dentro do ônibus. Latisha sentou no banco do motorista e Richie entrou no ônibus também.

Eu estava entrando em pânico.

— Billy! Venha *logo!*

Billy subiu correndo, e assim que Latisha fechou as portas, começamos a ouvir as mariposas batendo na lateral do ônibus.

— Acha que são inofensivas? — perguntou Latisha.

Eu ainda estava em pânico.

— Quem se *importa?* Vamos embora!

Latisha não precisou de mais incentivo. Ela pisou no acelerador e o ônibus começou a se afastar do mercado. O grande ônibus liberada uma enorme nuvem cinza do escapamento. A fumaça aparentemente era demais para as mariposas aguentarem, pois elas não nos incomodaram no ônibus novamente. Elas simplesmente continuaram perseguindo as luzes no estacionamento. Umas poucas voaram da frente dos faróis do ônibus, mas foram atropeladas e esmagadas no asfalto pelas grandes rodas do ônibus. O ônibus deixou o estacionamento cantando pneus.

Conforme dirigíamos pelas ruas desertas de Pine Valley, começamos a relaxar um pouco. Começou a cair a ficha de que nossa missão atrás de suprimentos tinha dado certo. Walt, Carlton e Heather tinham se juntado a nós e estávamos indo para casa.

— Paul — Latisha falou tão baixo que eu quase não a ouvi.

Fui até o lado dela.

— O que foi Latisha?

Ela balançou a mão na frente dela.

— Eu toda hora vejo umas coisas. É como se estivessem bem no limite do farol. Mas quando a luz bate nelas, elas saem do caminho.

— Insetos?

Latisha concordou.

— Com certeza! Pessoas é que não são.

— Tem certeza absoluta?

Ela bufou.

— Eles são grandes demaisss, Paul.

Virei-me para os outros.

— Tem uns insetos gigantes dançando nas bordas dos nossos faróis. Além das larvas, qual outro tipo de inseto é noturno?

— Vagalumes! — gritou Heather.

— Centopeias — disse Walt.

— Mosquitos — disse Richie.

— Aranhas — acrescentou Carlton.

Um arrepio tomou conta de mim quando ouvi "aranhas". Deus nos ajude se aranhas mutantes fizerem parte do pacote.

— Mariposas, mas essas nós já vimos - disse Billy.

— E formigas? Elas saem à noite? — perguntou Bernice.

— Isso é simplesmente nojento, mas Bernice e eu sabemos pois moramos na Flórida. Baratas — disse Lee.

Um calafrio passou pela minha espinha ao considerar essa possibilidade. Baratas se reproduzem extremamente rápido e comem qualquer coisa. É praticamente impossível matá-las, e alguns cientistas acreditam que eles seriam capazes até mesmo de sobreviver um ataque nuclear.

E o frio não era um problema para elas.

Com certeza aqueles cientistas russos não foram burros o bastante para usar baratas, não importa quanto os terroristas Islâmicos pagaram. Se usaram, a espécie humana estava perdida.

Na verdade, formigas também seriam tão ruins quanto. Formigas fazem túneis subterrâneos, e conseguem levantar várias vezes o peso do corpo delas. Se formigas fossem geneticamente alteradas, não haveria lugar seguro na terra.

Inclinei-me perto da Latisha. Falei bem baixo:

— Não pare a menos que seja absolutamente necessário. Nós precisamos sair daqui. Vir a noite pode não ter sido o melhor plano.

Latisha falou tão baixo quanto eu:

— Paul, precisávamos vir, não importa *que* horas fosse. Comida, roupas, outros suprimentos... não havia essas coisas disponíveis no chalé.

Balancei a cabeça.

— Eu sei.

Latisha arregalou os olhos.

— Ah, *merda!* — ela pisou fundo no freio.

Bem a nossa frente, atravessando a estrada, estava uma das criaturas centopeias. Era do tamanho de um caminhão tanque. Na boca carregava uma vaca. Estava fazendo um barulho baixo, obviamente de dor. A vaca provavelmente foi o único motivo pelo qual a criatura não nos atacou.

Todo mundo estava vendo aquilo, mas o único a falar alguma coisa foi o Billy. — Acho que não quero enfrentar essa coisa.

Depois que a criatura terminou de passar, Latisha começou a ganhar velocidade novamente. Não encontramos mais nenhum inseto no caminho de casa.

Capítulo 10

Quando chegamos de volta ao chalé, Phyl estava esperando por nós na varanda. O Dr. Case estava sentado na cadeira de balança ao lado dela. Ambos estavam armados.

Apresentei-os ao Walt, à Heather e ao Carlton e contamos a eles sobre nossa viagem. Quando terminamos a história, a maioria das pessoas que estava no chalé tinham saído para ouvir também. Somente as crianças continuavam dormindo. Quando contei a parte da centopeia e da vaca ouvi alguns sons de surpresa, tanto devido ao fato dela estar carregando uma vaca quanto pelo tamanho da criatura.

Para sermos sinceros e honestos com todos, contamos a respeito das coisas que ficavam passando ao redor dos faróis e nossos palpites sobre o que poderiam ser. Dividi também meu medo de baratas e formigas, e o que poderia acontecer caso o DNA desses insetos tivesse sido usado pelos cientistas russos.

Um homem que estava nos fundos fez uma pergunta.

— Então você está dizendo que tem formigas gigantes embaixo de nós nesse exato momento? Dentro da montanha?

Eu balancei minha cabeça.

— Não disse nada disso. O que eu disse foi que se elas existirem, podem estar. Nós estamos trabalhando no escuro, pessoal. Não tem como sabermos com certeza o que foi usado no DNA dessas criaturas.

O homem continuou a argumentar.

— Mas se isso for verdade, elas podem aparecer de baixo de nós a qualquer momento! Se for assim, elas podem aparecer e nos devorar quando menos esperarmos!

— Isso é só uma possibilidade remota! Não sabemos se elas existem de fato!

O homem estava irredutível.

— Bom, então o que você sabe com *certeza*, Senhor?

— Por enquanto, vocês sabem tudo que eu sei. Todo o resto é pura especulação, sem nenhum fato que possa confirmá-las. Então, não vamos entrar em pânico à toa, certo? — Enxuguei minha testa. — Só quero que todos saibam dos fatos. Ainda não chegamos a nenhuma conclusão. Seria tolice basear qualquer coisa em especulações sobre criaturas que nunca vimos.

O homem ficou em silêncio, mas pude perceber que suas palavras conseguiram impressionar algumas das pessoas. O medo em suas expressões as entregava.

— Vamos simplesmente descarregar a comida e dormir um pouco — eu disse. — Daqui a pouco irá amanhecer. Podemos descarregar o resto durante o dia.

Muitas pessoas, mas não todas, ajudaram a descarregar a comida. Outras simplesmente ficaram em volta e aos poucos foram sumindo discretamente.

Phyllis me disse que se precisássemos fazer outra viagem para buscar suprimentos, precisaríamos usar o freezer da Susan para armazenar os alimentos.

Quanto ficamos às sós, Phyllis quis conversar.

— Paul, você assustou alguns deles hoje à noite.

Balancei a cabeça.

— Eu sei.

— Era sua intenção?

Pensei um pouco.

— Talvez não assustar, mas fazer com que tivessem consciência das possibilidades.

— Receio que algumas dessas "possibilidades" podem fazer com que alguns deles vão embora.

Olhei-a nos olhos.

— Isso pode não ser algo ruim, Phyl.

— Paul!

— Desde o começo eu disse que se alguém não concordasse com as minhas regras podia ir embora. Se eles estão assustados demais para encarar as possibilidades oferecidas por essas criaturas, e acham que podem ficar melhor em outro lugar, então podem muito bem ir embora. Eu lhes darei comida e água suficiente para alguns dias, e desejarei boa sorte... assim como fiz com o

Ben. — Tirei minha camisa e a estendi sobre a cadeira do quarto. — Se pensam que podem encontrar um lugar melhor, ou um líder melhor, prefiro que vão embora. Não quero ninguém espalhando insatisfação ou derrota por aqui.

— Mas será que é a coisa certa a fazer?

— Eu não sei. E não posso me preocupar com isso. Preciso fazer o que parecer certo para o grupo. Não posso agradar a todos, não importa que decisão eu tome.

DEPOIS QUE O SOL SE levantou, eu me levantei também. Phyllis já estava de pé e estava lá embaixo preparando o café da manhã para todos. Eu não conseguira dormir muito bem, então decidi que precisava muito de uma xícara de café.

Teresa me encontrou no pé da escada.

— Phyllis quer falar com você.

Balancei a cabeça em agradecimento à adolescente.

— Na cozinha?

Teresa concordou.

Entrei na cozinha e vi a Phyl e a Bernice preparando o café.

— Olá, querida — eu disse. — Teresa disse que estava me esperando.

— Perdemos cerca de vinte pessoas durante a noite.

— Quê?

Phyllis virou-se e olhou para mim.

— Disse que perdemos cerca de vinte pessoas durante a noite. Depois que vocês chegaram.

— Vinte? — Desabei em uma das cadeiras da cozinha.

Bernice estava fechando um saco de lixo.

— Latisha disse que a maioria era passageiros do ônibus dela. E alguns jovens também.

Billy tinha acabado de entrar na cozinha com o Lee.

— Eles levaram algumas armas e um pouco de munição. E comida suficiente para alguns dias.

Lee olhou para mim, não querendo fazer a pergunta que estava na minha mente. Mas, ele fez mesmo assim.

— Devemos ir atrás deles?

— Não. — Eu balancei minha cabeça decidido. — Essa foi a escolha deles. Isso aqui não é uma maldita prisão, e eu não sou uma droga de um carcereiro. Se alguém decide que é melhor ir embora, então vamos todos rezar por sua segurança e seguir em frente.

Billy deu um leve sorriso.

— Fico feliz em ouvi-lo dizer isso, Paul. Estávamos todos com medo que você fizesse algo idiota.

Balancei minha cabeça novamente.

— Não, se não querem ficar, então não precisamos deles. Por mais egoísta que pareça, pelo menos a comida vai durar mais tempo.

Nada mais foi dito sobre as pessoas que partiram.

Depois do café da manhã, coloquei Teresa, Heather, Richie, Keith e Clarissa para descarregar o resto dos suprimentos que tínhamos trazido. Enquanto descarregavam, Richie foi até a frente do ônibus.

— Paul? Acho que você precisa ver isso.

Andei até a frente do ônibus também. Presa na grade estava uma das mariposas. Suas asas ainda mexiam-se um pouco.

— Richie, vá chamar o Dr. Case. Rápido, agora.

Ele correu até o chalé e entrou. Menos de trinta segundos depois, o Dr. Case apareceu correndo pela porta da frente, com Richie logo atrás.

O bom doutor parou subitamente ao meu lado.

— Ah, isso é ótimo! Ela ainda está viva! Temos algum lugar onde possamos colocá-la? Preciso estudar essa criatura o máximo possível, enquanto ainda está viva.

Estalei meus dedos.

— Tenho um lugar perfeito! Keith, Clarissa, venham aqui.

Keith chegou. Inclinei-me perto do ouvido dele e disse-lhe o que queria que buscasse e onde estava. Ele entrou correndo no chalé. Para Clarissa, sussurrei o que queria que ela buscasse, e ela correu para os fundos do chalé com um sorriso empolgado no rosto.

A criatura parecia um cruzamento de uma mariposa com uma mosca. Suas asas, pelo que conseguíamos ver, era coberta pelo mesmo tipo de textura que as das mariposas, mas seu corpo era compacto e tinha o mesmo formato de uma mosca. Seu rabo era de um verde azulado, e conseguíamos ver quatro pernas. Isso foi tudo que vimos até que tiramos ela da grade.

Clarissa voltou primeiro, carregando um pequeno pedaço de compensado e um par de luvas de trabalho pesado.

Quando me entregou os dois itens, Keith saiu do chalé carregando o que pedira: um aquário de 40 litros.

— Perfeito! Obrigado, crianças! —

O Dr. Case estava entusiasmado. Eu coloquei as luvas e disse o que ele deveria fazer.

— Agora vou tentar tirar essa coisa dali o mais delicadamente possível. Depois que estiver fora, eu vou colocá-la no aquário. Doutor, você vai colocar o compensado em cima da abertura. Tudo bem?

O doutor estava segurando o compensado. Ele concordou.

— Certo. Estarei pronto quando você estiver, Paul.

A coisa parecia pesar menos de cinco quilos. Seu corpo era um pouco maior que um porquinho da índia. Estiquei meus braços e peguei a criatura o mais delicadamente que consegui. Ela estava realmente presa na grade, mas com um pouco de cuidado, consegui tirá-la. Ouvi as crianças respirarem fundo, e Teresa disse "Meu Deus" quando coloquei a criatura no aquário e o Dr. Case cobriu a abertura com o compensado.

Eu ainda não tinha vista a cara da criatura. Mas tive minha chance logo em seguida.

Seu rosto era quase humano. Tinha o que parecia ser um nariz humano, que parecia quebrado. O "nariz" estava sangrando e dele escorria uma gosma preta. Tinha uma fenda logo abaixo do nariz, com uma boca completa e um pequeno queixo. Toda a semelhança com um humano terminava ali, no entanto. Ela abria e fechava a boca para respirar, e sua boca estava cheia dentes pequenos e aparentemente afiados. Sua língua desenrolou-se para fora da boa, e era tão comprida quanto seu corpo, e negra como a noite. Tinha dois olhos, um de cada lado do nariz quebrado, e eles eram leitosos e vazios.

Duas coisas me ocorreram na hora. Essa criaturas-mariposas eram larvas adultas, e aulas tinham um pouco de DNA humano nelas!

Foram os olhos vazios que me fizeram perceber a origem delas.

Contei ao Dr. Case a minha hipótese.

- Você pode muito bem ter razão, Paul. Isso explicaria porque as pessoas infectadas mantinham certo controle de suas funções mesmo depois dos ovos eclodirem. O corpo reconhecia o DNA humano. E quando finalmente percebia que as larvas eram perigosas, era tarde demais para se defender.

A criatura de repente começou a fazer um barulho estranho, como se estivesse reclamando, e começou a bater as asas desesperadamente dentro do aquário, se debatendo contra o vidro numa tentativa de escapar de sua prisão.

Richie rapidamente colocou uma pedra grande em cima do compensado. Com um pouco de sorte ela seria pesada o suficiente para manter a criatura presa.

— Paul, você pode me ajudar a levar isso até o seu escritório? — perguntou o Dr. Case.

— Você acha que é seguro?

Case analisou o aquário.

— Sim, acredito que sim. Ela não irá sair desse aquário viva.

Olhei o Doutor nos olhos. Ele balançou a cabeça me assegurando. Balancei a minha também e cada um de nós pegou um dos lados do pequeno aquário de vidro. Nosso prêmio não era nem um pouco pesado, mas não queríamos que nosso prisioneiro voasse para longe caso alguma coisa acontecesse com o compensado se uma pessoa estivesse carregando o aquário sozinha.

Quando estávamos quase chegando na varanda do chalé, chamei as crianças.

— Keith! Clarissa! Continuem descarregando o ônibus, por favor!

Os jovens voltaram ao ônibus e começaram a descarregar as roupas e os produtos químicos.

Phyllis nos encontrou na porta de entrada.

— Paul Stiles, você *não* vai trazer essa coisa para dentro deste chalé!

— Phyllis, é necessário. O Dr. Case pode descobrir respostas para algumas de nossas perguntas.

— O Dr. Case pode causar a *morte* de todos nós!

— Phyllis, já estamos aqui dentro. Seremos cuidadosos. E manteremos a porta do escritório fechada. Não vai ficar viva tempo o bastante para matar ninguém.

— Como você pode saber disso? É vidente, por acaso?

— Phyllis, já *chega! Por favor!*

Phyllis correu para cozinha, chorando.

Fuzilei o Dr. Case com o olhar.

— É melhor que isso valha a pena, doutor.

Eu tinha percebido algo sobre o nosso hóspede. Depois que entramos e saímos do sol, ele parara de se debater e tentar escapar. Ficou imóvel no fundo da sua prisão de vidro, observando-nos com cuidado.

Colocamos o aquário com cuidado sobre uma maca de metal que fora tirada da ambulância e estava sendo utilizada com mesa de examinação pelo Dr. Case. O doutor deu a volta para ver o rosto da coisa.

— Incrível — ele disse para si mesmo em uma voz tão baixa que quase não o ouvi. Ele virou-se para mim. — Você acredita que eles foram capazes de usar DNA humano dessa maneira?

— Sim, acredito. E fico puto com isso.

Case parecia um pouco desconcertado.

— Sim, eu também. Mas é *realmente* fascinante! Como essa coisa pode estar viva? O que ela come? Como se reproduz? Como seus ovos vão parar dentro de um humano?

— Acho que não temos como descobrir a resposta para algumas dessas perguntas, não é mesmo doutor? — Tentei não dizer isso como uma ameaça, mas realmente não tinha nenhuma intenção de desvendar os hábitos de acasalamento daquela criatura.

Case sorriu.

— Não, não iremos descobrir como os ovos vão parar em seres humanos. Pelo menos espero que não. — Ele deu de ombros. — Se descobrirmos, não será graças a esse carinha aqui, a menos que os ovos estejam nas suas luvas de alguma maneira.

Olhei para baixo. Eu ainda estava vestindo as luvas. Rapidamente as tirei e deixei o Dr. Case com seus estudos. Fui até a cozinha e peguei um saco grande para comidas congeladas, um que tinha listras indicadoras amarelas que ficavam verdes quando a embalagem estava completamente selada. Coloquei as luvas dentro dele, selei o saco e lavei bem as mãos. Coloquei o saco no lixo da cozinha, que então levei para fora e coloquei em um local para ser queimado. Entrei novamente no chalé e lavei as mãos uma segunda vez.

A paranoia é um grande motivador.

Agora precisava engolir a minha própria paranoia e encontrar a Phyllis, para que pudesse convencê-la de que a paranoia dela não era nenhum motivo de preocupação.

Capítulo 11

Cerca de uma hora depois, com meus ouvidos ainda doendo do esporro que recebi da minha doce esposa, ouvi Keith me chamar do jardim da frente.

— Pai! — Pai! Vem aqui! *Paaaaii!*

Corri lá fora para ver qual era o problema.

Keith me viu. Ele apontou e gritou:

— Olha!

Olhei na direção apontada. O que eu vi me chocou.

Manuel, Susan, Michael e Bobby estavam vindo por entre as árvores. Bobby segurava uma corda. Amarrada na corda e sendo arrastada atrás dele estava uma das criaturas voadoras que eles foram perseguir. Era arrastada pela cabeça, e a corda estava amarrada de maneira que formava uma espécie de arreio elaborado. Suas asas estavam presas com fita adesiva nas suas costas. Essa também tinha olhos leitosos e vazios. Mas, mesmo com seus olhos vazios, conseguia emitir um olhar quase dominador de raiva... de nós.

Olhei em volta.

— Bem vindos de volta! Vejo que trouxeram mais um hóspede! Bobby, onde está o Nick?

Bobby balançou a cabeça uma vez.

— Longa história. Vamos contar tudo para todos mais tarde. Estamos todos exaustos. Onde está o Dr. Case?

— Keith, vá chamar o Dr. Case! Rápido — disse para o meu filho.

— Nós achamos o ninho. Ele já era. Esse é o único sobrevivente, até onde sabemos — disse Michael ofegante e exausto.

— Vivo, como o Dr. Case pediu — acrescentou Susan.

Manuel disse alguma coisa em espanhol que terminava com a palavra *muerte.*

Morte.

Depois dessa palavra animadora, o Dr. Case saiu pela porta da frente do chalé. Ele parou a cerca de meio metro do grande troféu do Bobby. A voz dele mal podia ser ouvida.

— Meu Deus.

— Escute, Doutor, não chegue muito perda da parte de trás da coisa. Confie em mim. Aquilo não é *só* um ferrão. — A expressão de Michael mostrava desgosto.

— O que você quer dizer? — perguntou o doutor.

Bobby suspirou.

— Também é o órgão reprodutivo. Vimos como funciona com o Tyrese e com o Pablo. Essas coisas colocaram ovos neles. Os ovos eclodiram e os dois ainda estavam vivos.

Naquele momento a criatura gritou. Novamente, como a outra que gritara no jardim da frente durante o ataque, o som era muito alto e agudo. Sua única antena vibrou com o grito e seu focinho abriu-se completamente. Depois de alguns segundos, o grito parou.

— Isso mesmo — disse Susan. — Esquecemos de dizer que ela faz isso com uma certa frequência. Como se estivesse pedindo ajuda.

Olhei para ela.

— E vocês acabaram com o ninho? E com tudo que estava vivo lá dentro?

Susan fez que sim.

— Destruímos tudo.

Bobby estava quase caindo.

— Estou torcendo para que não haja mais nenhum. — Ele me entregou a corda. — Vou me deitar em algo macio e dormir por um dia ou dois. De nada, Dr. Case.

O Dr. Case se endireitou, lembrou-se de seus modos e disse:

— Ah! Claro! Obrigado, Bobby!

Depois que Bobby e o resto da equipe entraram no chalé, entreguei a corda ao Dr. Case.

— Aqui está, Doutor. Essa aqui *não* vai entrar no chalé!

NAQUELA NOITE, TODOS se reuniram ao ar livre, sob as estrelas. A temperatura era confortável, cerca de treze graus, então não estava frio demais para aproveitarmos a noite. Todos usavam casacos ou camisas a mais, o que mostrava o sucesso da missão por roupas.

As cadeiras de balanço e os degraus da escada da varanda estavam reservados para os membros da equipe de busca. Todos queriam ouvir a história, então, após o jantar, nos reunimos por ali.

Bobby começou.

— Antes de começar a contar essa história, preciso dizer duas coisas. A primeira é que não vimos nenhuma espécie de vida na floresta, exceto alguns pássaros. Então, a menos que possamos comer essas criaturas, isso vai ser um problema. A segunda é que essas coisas-meio-vespas não são os únicos insetos nas montanhas.

Houve um suspiro coletivo quando ele disse isso. O Dr. Case não parecia surpreso, ela já suspeitava disso.

Bobby continuou.

— Eu tenho uma teoria a respeito disso. Se não estou enganado, a maioria dessas criaturas são de sangue quente e possuem pulmões.

O Dr. case fez que sim com a cabeça.

— O Dr. Case concorda. Então, se essas coisas são de sangue-quente e têm pulmões... bem, as montanhas não são tão seguras quanto nos disseram. - começaram a borbulhar sussurros na multidão. Bobby levantou uma mão. - Isso não é tão surpreendente. Nós chamamos essas coisas de insetos, mas elas têm DNA de outros animais também... até mesmo de humanos.

Sons de aprovação podiam ser ouvidos da multidão. A maioria das pessoas vira a criatura-mariposa em algum momento durante o dia.

Bobby olhou para mim e depois para a multidão. Começamos nossa jornada aqui, e depois de andarmos cerca de um quilômetro e meio, encontramos uma pilha de terra. Havia uma abertura no topo da montanha, mas nós não arriscamos chegar mais perto para descobrir o que havia lá dentro. Nós vimos um dos moradores entrar no buraco e não queríamos nenhum contato com eles.

Manuel parecia apavorado.

— Eles pareciam-se principalmente com *formigas*! Grandes, monstros horrendos!

Bobby concordou.

— Parecia haver mais semelhança nelas com formigas do que com qualquer outra coisa. Nós não fomos ainda porque elas não eram nosso alvo. Podemos deixar o ataque à elas para outro dia.

— Nós passamos escondidos pelo formigueiro, ou o que quer que fosse, e seguimos em frente. Tivemos que nos esconder mais duas vezes no próximo quilômetro e meio, ambas as vezes por causa de criaturas-centopeias gigantescas. Uma delas carregava um porco morto.

Interrompi o Bobby somente tempo o suficiente para contar-lhe sobre a vaca em Pine Valley que vimos carregando uma vaca.

Bobby balançou a cabeça.

— Elas parecem perigosas, mas não se movem muito rápido. Conseguimos escapar de uma que nos perseguiu. Simplesmente saímos correndo e ela não conseguiu nos acompanhar.

Depois de cerca de cinco quilômetros, ouvimos o zumbido muito antes de vermos o ninho. As criaturas-vespas encontraram uma caverna natural para usar como ninho.

Keith falou:

— Eu conheço essa caverna! Lembra, pai? Todos nós fizemos uma trilha até lá ano passado!

Eu sorri e concordei.

— Eu me lembro.

Bobby sorriu.

— Fico feliz que conheça o lugar. Nick voluntariou-se para fazer o reconhecimento da entrada e ver o que podíamos fazer. Ela tinha acabado de dar uma olhada lá dentro quando uma das criaturas - talvez um guarda - saiu da caverna. Bateu nele, segurou-o com suas garras e perfurou seu corpo diversas vezes com seu ferrão. Então carregou-o para dentro do ninho, e Nick gritava o tempo todo. - Bobby enxugou a testa com as costas da mão. - De repente, os gritos pararam, bem no meio de um grito. Não descobrimos o que aconteceu com ele, mas sabíamos que aquele era o fim da linha.

Bobby deu um gole no café que estava na xícara que segurava.

Susan continuou a história.

— Nós meio que surtamos quando Nick foi levado para o ninho. Eu queria entrar marchando naquela caverna e atirar em cada um daqueles monstros.

Manuel me segurou, Deus o abençoe por isso... por que o que fizemos foi simplesmente brilhante. Nós percebemos que as pedras acima da caverna pareciam mais soltas do que deveriam, então Bobby pensou em um plano.

Michael acrescentou:

— Foi brilhante a maneira como tudo funcionou.

Manuel concordou.

— *Si.* Michael e eu nos posicionamos até que estivéssemos a uma distância pequena o suficiente para jogar algo lá dentro. Bobby e Susan se posicionaram de maneira que conseguissem cobrir a entrada da caverna com o lança-chamas.

Eu entendi o que pretendiam, e muitos dos outros também. Sorri para mim mesmo, pois era de fato um belo plano.

Susan riu.

— Depois que eu e o Bobby abrimos fogo com o lança-chamas na entrada da caverna para impedir que as criaturas saíssem, o Manuel e o Michael jogaram uma granada das pedras acima da entrada. Quando as granadas explodiram, as rochas selaram a caverna e as vespas ficaram presas lá dentro.

— Nosso prisioneiro de guerra estava do lado de fora da caverna quando atacamos, e tentou entrar. Uma pedra solta rolou montanha abaixo e o acertou bem na cabeça — acrescentou Bobby. — Deixou o desgraçado inconsciente. Então amarramos e prendemos o infeliz com fita adesiva o mais rápido que conseguimos. Se tivesse sido de outro jeito, o Dr. Case não teria o seu exemplar.

Como se tivesse ouvido a deixa, a criatura-vespa gritou novamente.

Bobby balançou a cabeça.

— Essa coisa está fazendo isso desde a hora em que acordou!

— Vocês têm certeza absoluta que aquelas coisas não conseguirão sair da caverna? — perguntei.

— A menos que haja outra saída, ou se elas forem mais fortes do que imaginava, não vejo como poderiam — respondeu Bobby.

Fiquei pensando com mim mesmo. Talvez as criaturas-vespas não fossem fortes o bastante... mas e se as criaturas-formigas que o grupo viu fosse? Será possível duas espécies diferentes dessas criaturas trabalharem juntas? E será que elas conseguiam se comunicar entre si? Precisava me reunir com Bobby, Michael e o Dr. Case às sós e discutir isso.

E foi assim que encerramos a reunião do grupo. Não era mais um grupo tão grande quanto antes, mas ainda era grande.

Bobby veio até mim e Phyl e perguntou a respeito disso.

— Uma parte do grupo foi embora?

Phyllis respondeu:

— Sim. Cerca de vinte pessoas deixaram o grupo, logo depois que Paul retornou da missão em Pine Valley. Eles simplesmente fugiram no meio da noite.

Acrescentei:

— E pode ser que mais alguns nos deixem, depois do que você falou sobre o formigueiro. Por isso, e pelo fato de existirem outros insetos nas montanhas.

Bobby balançou a cabeça.

— Odeio vê-los partir, mas talvez seja melhor sem eles.

— Você também? — disse Phyllis. — Isso é praticamente a mesma coisa que o Paul disse!

Bobby deu de ombros.

— Ei, pode ser que eles tenham razão. Talvez manter-se em movimento seja melhor do que ficar em um só lugar. Mas não sabemos ainda com certeza.

Comecei a falar em voz baixa.

— Escute, preciso conversar com você e o Michael. Vocês podem me encontrar na sala do Dr. Case em cerca de dez minutos?

Bobby concordou.

— Claro. Vou chamar o Michael.

Disse a Phyl que iria me deitar mais tarde e fui procurar o Dr. Case.

ESTÁVAMOS OS QUATRO em meu antigo escritório. A criatura-mariposa nos encarava com seus olhos vazios.

Iniciei a discussão.

— Têm algumas coisas que eu quero... não, que eu *preciso* saber, e quero informações de todos vocês.

Todos concordaram.

— Algo me ocorreu enquanto a equipe contava sua história, e preciso fazer algumas especulações. Essas espécies diferentes conseguem se comunicar entre si? Elas podem trabalhar em conjunto? Você já descobriu isso, Jeremiah?

O Dr. Case cruzou os braços e pensou um pouco.

— Eu notei que desde que o grupo trouxe a criatura-vespa, esse pequenino acalmou-se consideravelmente. — Ele bateu no compensado no topo do aquário. — Suponho que seja possível. — Ele falou, para si mesmo. — Na verdade é bem provável. Eu pelo menos não sei de nenhuma ocorrência na qual os insetos tenham atacado uns aos outros. — Ele olhou para nós. — Então, se eu tivesse que adivinhar, diria que sim, eles conseguem se comunicar.

— Ah, Merda — disse Michael.

— Isso não é nada bom — concordou Bobby.

Eu me levantei.

— Precisamos matar ambas criaturas agora, antes que consigam contar para qualquer outra onde estamos.

Michael se levantou.

— Isso se já não contaram.

O Dr. Case concordou.

— Certo. Eu cuido deste aqui. Imagino que uma bala na cabeça seja o suficiente para matar a outra.

— Deixe comigo — disse Bobby.

— Eu vou junto — eu disse. — Michael, você ajuda o doutor?

— Claro.

— Bom. Bobby e eu voltaremos em breve.

Quando Bobby e eu saímos da sala, o Dr. Case estava abrindo uma garrafa de clorofórmio e preparando um pedaço de pano.

Lá fora, ouvimos a criatura-vespa gritar novamente.

— É quase como se estivesse chamando reforço. E se estiver, estamos ferrados.

Bobby preparou a espingarda enquanto andávamos.

— Nós provavelmente já estamos ferrados, Paulie.

A criatura estava nos fundos do chalé, ao ar livre. Conforme nos aproximávamos, Bobby mirou na cabeça dela e puxou o gatilho. A cabeça da coisa explodiu, e seu corpo relaxou. Estava morta, até onde sabíamos. Bobby recarregou a espingarda, e dessa vez atirou no peito da criatura. O peito também explodiu.

— Isso deve ser o suficiente — ele disse virando-se calmamente e andando de volta para o chalé.

Segui o meu amigo policial, envolto em meus pensamentos. Não notei até pararmos que Bobby não entrara de volta no chalé. Ele parara ao lado do tanque de gasolina e pegou um dos galões que estavam cheios.

Depois de compreender que iríamos queimar a criatura, peguei um galão também e o segui.

Bobby encharcou a criatura sem economizar, usando quase o galão inteiro, colocou o restante no chão e tirou do bolso uma caixa de fósforos. A criatura pegou fogo fazendo um grande "ZOOOMP", e nos acomodamos para vê-la queimar.

— Paul, eu cuido disso, vá lá dentro a traga a outra. Precisamos queimá-la também.

— Boa ideia. Já volto.

Quando entrei no chalé, encontrei Michael e o Dr. Case. Eles carregavam o aquário. A criatura-mariposa parecia morta, e eu disse isso.

— Mortinha da silva — disse Michael. — Estávamos levando ela para fora. Não queríamos deixá-la aqui dentro.

— Bom — respondi. — Levem-na para os fundos. Estamos queimando a maior lá e vamos queimar essa também.

Quando chegamos lá, a criatura maior ainda estava queimando. Tirei o compensado da abertura do aquário e joguei no fogo. O Dr. Case jogou a criatura-mariposa no fogo, com aquário e tudo.

O bom doutor estava sério quando disse:

— Que esse seja o fim desta história, pelo menos por um tempo.

Tudo que podíamos fazer era rezar para que seu pedido fosse atendido.

NA MANHÃ SEGUINTE, depois do café da manhã, Richie entrou correndo no chalé para me chamar.

— Paul! Você precisa vir! O Billy ouviu alguma coisa na CB do rádio do caminhão de gasolina!

Tenho certeza que minha expressão era de total espanto quando corri lá fora com o Richie até a cabine do caminhão. Bobby já estava lá, e o Michael também.

— É verdade? — perguntei sem fôlego.

Bobby estava sorrindo de orelha a orelha.

— Veja você mesmo! — Ele apontou com o dedão para a cabine do caminhão.

Billy estava sentado lá dentro, ouvindo a transmissão.

— Tentei responder, mas parece que estamos longe demais. Esse rádio não é potente o suficiente para alcançá-los. Eles devem estar aumentando a potência deles de alguma maneira.

O rádio começou a transmitir.

Aqui quem fala é Fort Simon da base da Força Aérea. Nós estamos localizados a 32 quilômetros noroeste de Pine Valley. Todos civis são bem-vindos aqui, se conseguirem chegar em segurança. Os insetos estão no controle da maior parte do mundo, mas estamos seguros aqui e temos comida, água e abrigo.

Houve uma pausa, então a transmissão continuou. As palavras dessa vez eram um pouco diferentes, então sabíamos que não era uma gravação.

A voz no rádio recomeçou.

— *Olá! É muito bom saber que estão bem! Onde vocês estão?*

— Eles estão falando com alguém! — disse Billy.

— *Ei, isso é ótimo! Claro, temos espaço. Nossos patrulheiros reportaram que há algumas criaturas-centopeias entre vocês e a base, mas vocês devem conseguir evitá-las com facilidade.*

Então houve outro silêncio, e a voz voltou.

— *Nós podemos enviar um patrulheiro caso precisem. Nós temos grupos de quatro voluntários cada que enviamos cada vez que entramos em contato com um novo grupo. Eles ajudaram vocês a chegarem até aqui e a se protegerem de ataques de insetos.*

Silêncio novamente.

Quando a voz retornou, ouvimos uma risada.

— *Meu nome é Sargento Hayes, Senhor. Ficarei feliz em conhece-lo também. Enviaremos uma equipe ao seu local e eles os trarão até aqui em segurança. Vou pedir para que mude de canal, para o treze, para que possamos continuar utilizando esse aqui para transmitir. Boa sorte!*

Silêncio, e então o Sargento Hayes reiniciou o comunicado que ouvimos mais cedo.

Billy desligou o rádio. Ficamos todos em silêncio por alguns instantes.

Eu fui o primeiro a falar.

— Uau. Trinta e dois quilômetros, com insetos.

Bobby concordou.

— Com certeza! Muitos insetos.

Eu suspirei.

—Tudo bem, acho que é hora de uma reunião. Todos precisam saber sobre essa base militar, e acho que podemos votar se devemos ir ou não.

Olhei para eles.

— Vocês se importam em me ajudar a comunicar a todos? Nos encontramos no jardim da frente.

Todos concordaram, e foram avisar todos do nosso grupo de sobreviventes.

VINTE MINUTOS DEPOIS, todos sabiam de tudo que descobrimos.

Um homem localizado na parte de trás do grupo disse:

— Então quer dizer que devemos ir para essa tal base da Força Aérea?

Eu balancei minha cabeça.

— Não. Eu só disse o que ouvimos no rádio. No caso se uma decisão tão grande, todos devemos votar.

Uma mulher ao lado dele disse:

— O que você acha que devemos fazer, Paul?

— Brittany, certo? — A mulher fez que sim. — Brittany, Eu não faço ideia. — Todos riram um pouco, mas em sua maioria eram risadas de nervosismo. — Aqui temos comida, abrigo e algumas defesas. No Forte Simon, o Sargento Hayes disse que teríamos tudo isso também. Tenho certeza que as defesas lá são mais fortes que as nossas, mas, muita gente junta ao mesmo tempo no mesmo lugar, não é fácil defender todo mundo. É mais fácil acabar morrendo enquanto espera uma instrução de alguém. — Dei de ombros. — Desta vez o grupo precisa decidir. A viagem pela montanha será perigosa e longa, e só Deus sabe o que encontraremos pelo caminho.

As pessoas começaram a cochichar. Michael se levantou e gesticulou pedindo atenção.

— Eu só quero dizer uma coisa, pessoal. Tenham em mente que nós tivemos muita sorte até agora, se pararem para pensar. Daqueles de nós que ficaram, poucos foram mortos pelos insetos... e isso já é muita coisa, considerando a situação do resto do mundo. Claro, algumas pessoas abandonaram o grupo, e continuo rezando para que eles estejam seguros. Pessoalmente, eu prefiro continuar aqui, mas irei onde o grupo decidir que é melhor. — Michael virou-se abruptamente e sentou-se. Seu rosto estava vermelho.

Alguém gritou:

— O que você acha, Bobby?

Bobby levantou-se e olhou devagar ao redor para cada uma das pessoas. O silêncio era tamanho que era quase possível ouvis os pensamentos.

— Acho que devemos ir.

O grupo começou a falar, alguns diziam "Sério?" e outros diziam "Você só pode estar brincando!". Bobby levantou as mãos pedindo silêncio, e todos se calaram.

— Nós somos alvos fáceis aqui — continuou Bobby. — Nós temos boas defesas, mas insetos irão nos encontrar mais cedo ou mais tarde. Quando isso acontecer, será que conseguiremos resistir a um ataque massivo deles? É claro que podemos queimá-los, mas além disso o que mais podemos fazer? O que mais podemos usar para nos defender?

Walt levantou a mão.

— Nós temos produtos químicos. Ácido bórico. Inseticida.

Bobby concordou.

— Sim, nós temos, Walt. Mas nós não temos muito de nenhum desses itens. Pode ser que nossa comida dure até a primavera, mas o que faremos depois disso?

Sussurros desconfortáveis eclodiram por todo o grupo.

— Não acho que os insetos deixarão que plantemos alimentos, vocês acham?

Gritos de "Não" emergiram.

— Mas... se estivermos em meio a um grupo de soldados, e todos fizermos nossa parte e mantermos guarda, podemos conseguir plantar e sobreviver no

Forte Simon. — Bobby abaixou-se para sentar em sua cadeira, então parou e olhou para o grupo. — Isso é o que eu penso, se é que importa. — Ele sentou-se.

— Vamos discutir isso o dia inteiro? — perguntei ao grupo. — Quero dizer, nós podemos, se acharem necessário. Mas eu realmente acho que devemos votar, para que possamos começar a nos organizar, qualquer que seja o resultado da votação. Vocês todos sabem o mesmo que nós, então o resto é pura especulação. Vamos arriscar e ir até o Forte Simon, ou arriscamos passar o inverno aqui?

A maior parte do grupo apenas olhava ao redor uns para os outros. Phyllis olhou para mim, perguntando-me com os olhos o que eu queria fazer, e simplesmente dei de ombros. Eu não sabia. Quando Phyllis deu de ombros, soube que continuaríamos ali, não importava o resultado da votação.

Virei-me para Michael e Bobby, e pedi que me ajudassem a contar os votos. Ambos concordaram e se levantaram.

Levantei as mãos pedindo silêncio.

— Tudo bem, hora de votar. Levantem as mãos quando eu fizer uma pergunta. Várias pessoas balançaram a cabeça mostrando que tinham entendido.

— Vamos lá, aqueles que acham que deveríamos... *PUTA MERDA!*

O barulho de serra elétrica era ensurdecedor assim que o céu sobre o nosso jardim ficou coberto pelas criaturas-vespas. Ao mesmo tempo, as criaturas-centopeias chegaram de repente por entre as árvores, todas no mesmo ritmo. Logo atrás delas, vinham várias criaturas parecidas com formigas, pegando árvores e jogando-as diversos metros à frente, na nossa direção. Voando ao lado das criaturas-vespas estavam cerca de cinquenta criaturas iguais a que vimos no mercado, ainda na cidade. Cada uma ainda tinha uma longa e afiada tromba, e uma única antena entre seus olhos pretos e vazios.

Os insetos pegaram todos nós de surpresa.

E estavam todos trabalhando juntos.

— As crianças! — eu gritei. — Phyllis, coloque as crianças dentro da van do leite e feche a porta! — Ela reuniu as cinco crianças que restavam no grupo e levou-as correndo para lá.

Eu não precisei mandar ninguém começar a atirar nos insetos. Atiravam em qualquer coisa que voasse ou fosse maior que eles mesmos. Mas a surpresa fora completa, muitos de nós não estavam armados quando os insetos chegaram, e preciosos segundos foram desperdiçados para pegar as armas, destravando-as e carregando-as.

— Lança-chamas! Peguem os lança-chamas! — gritei. — Billy! Vá para o caminhão de gasolina! Encha o fosso!

Billy ouviu o que eu disse e correu naquela direção. Ele só deu cinco passos, quando uma das criaturas-formigas pegou ele. Ela usou as pinças para agarrá-lo e cortou-o ao meio. Ao morrer, Billy disparou a espingarda na cabeça da criatura, que morreu junto com ele.

Consegui contar dez criaturas-centopeias. Sete delas seguravam pessoas na boca, carregando-as para longe, por entre as árvores. Elas tinham uma espécie de carcaça, muito parecida com a de um tatu, e as balas não conseguiam penetrá-la.

Richie decidiu continuar o que Billy tentou fazer, e correu até o caminhão de gasolina. Ele conseguiu. Nós tínhamos prendido uma espécie de mangueira que saía do reservatório do caminhão e normalmente era usada para abastecer os postos de gasolina, mas a direcionamos para o fosso. Tudo que ele precisava fazer era ligar o interruptor para que a gasolina começasse a ser bombeada pela mangueira até o fosso. Richie começou a encher o fosso. Ele desviava-se das criaturas voadoras enquanto esperava, atirando ocasionalmente em uma ou outra. As criaturas-vespas não conseguiam alcançá-lo, pois o ônibus estava estacionado muito próximo do caminhão de gasolina. As criaturas eram grandes demais para conseguir passar entre os veículos e alcançar o Richie.

Alguém pegara os lança-chamas, e deu um deles para o Michael. Ele prendeu-o nas costas e mirou em uma das criaturas voadoras. Ela logo estava cercada por chamas, e algumas das outras criaturas voadoras a seguiram quando caiu no chão, gritando e queimando. Eu ouvia outros gritos, e torcia para que fossem de outros insetos morrendo, e não se nossos companheiros de grupo.

Para meu horror, vi uma das criaturas-formigas tentar virar a van do leite. Enquanto assistia, tentei mirar nela, mas alguém esbarrou em mim quando puxei o gatilho e o tiro não acertou em nada. Uma segunda criatura-formiga apareceu ao lado da primeira, a as duas juntas conseguiram primeiro balançar o carro, e depois virá-lo de lado. Torci para que Phyllis e as crianças estivessem bem dentro do compartimento reforçado na parte de trás do veículo.

Michael então viu as criaturas-formigas, e apontou o lança chamas para elas. Elas gritaram imediatamente e correram em direção as árvores que cercavam minha propriedade. Alguns dos arbustos pegaram fogo, mas não me importava.

Muitas pessoas estavam caídas no chão, e as criaturas voadoras se alimentavam de seus fluídos corporais. A tromba de cada uma das criaturas voadoras estava enfiada em um dos corpos, parecendo tubos de um centímetro de diâmetro inseridos em cada pessoa. Essas criaturas deviam ser parte mosquito, pois estavam se fartando de todos fluídos corporais que encontravam pela frente. A maioria das pessoas sobre as quais pousavam estavam imóveis, e as criaturas ficavam bastante lentas depois que estavam cheias. Elas não conseguiam voar muito bem, e foram mortas rapidamente. As pessoas não tiveram a mesma sorte.

Richie precisou correr para longe do caminhão de gasolina, pois uma das criaturas-formiga estava se esgueirando por baixo do caminhão para alcançá-lo. Conforme corria, uma criatura-vespa em chamas caiu no fosso no lado oposto da propriedade, e o fosso pegou fogo rapidamente. O fogo pegou em quatro das criaturas-centopeias, que incendiaram-se também. Algumas criaturas formigas foram impedidas de fugir pela barreira de fogo, e começamos a executá-las rapidamente. Diversas das criaturas-moscas e criaturas-vespas também foram engolidas pelas chamas quando o fogo espalhou-se por todo o fosso. Duas delas bateram contra o chalé, que logo ardia em chamas.

O fosso funcionou lindamente, exceto por um pequeno problema.

Richie não conseguira parar o bombeamento de gasolina do caminhão antes de se afastar dele.

As chamas seguiram seu caminho pelo tubo de abastecimento, viajando rapidamente até o próprio caminhão. A situação que já era caótica ficou ainda mais surreal quando o caminhão tanque explodiu em uma imensa bola de fogo que engoliu todos os outros veículos que estavam estacionados próximos a ele. O único veículo que escapou foi o carro do leite, que estava tombado.

O impacto da explosão derrubou a maioria de nós sobreviventes do grupo e fez com que os insetos batessem em retirada... pelo menos aqueles que ainda *conseguiam* fugir.

Agora, todas as construções na propriedade queimavam, e nosso jardim da frente estava forrado com pessoas mortas ou morrendo... e insetos. Precisávamos sair dali, e rápido.

Corri até a van e forcei a porta para abri-la. Phyllis e as crianças rastejaram para fora. Bobby apareceu do nada e me ajudou a levantar todos eles. Estavam todos machucados, mas nada havia sido quebrado.

Susan correu até nós dizendo:

— Precisamos fugir para o meu chalé! Vamos *já!* — Ela tinha um corte na cabeça que fez com que seu rosto ficasse quase todo coberto de sangue. — O fogo está se extinguindo no fosso! Podemos pular para o outro lado! Venham *logo!*

Seguimos ela junto com o restante dos sobreviventes.

Não havia muitos.

Phyllis e eu, Bobby, Susan, Latisha, Richie, Walt, Teresa, Michael, Millie, Dr. Jeremiah Case, Heather e as cinco crianças: Keith, Clarissa, Zach, Martin e Emily. Dezessete pessoas. Éramos tudo que restara.

Capítulo 12

E sse é quase o fim de nossa história.

Nós cruzamos o fosso, cada um de nós ajudou uma das crianças a pular para o outro lado, e subimos a montanha até chalé da Susan. Quase não houve conversa entre nós durante o caminho, e, quando finalmente chagamos ao chalé, simplesmente nos sentamos com olhares perdidos. Todos tínhamos pequenos cortes, hematomas e queimaduras.

Jeremiah nos diagnosticou todos como em estado de choque.

Dã.

As únicas roupas que tínhamos eram as do corpo, e as únicas armas que possuíamos eram as que carregávamos.

Tínhamos comida, é claro. Eu já lhes contei que o chalé da Susan estava equipado como o nosso, com cata-ventos, painéis solares e um freezer externo.

Não, comida não era o problema.

Nossa esperança fora levada.

A pequena ponta de esperança que cultivávamos tinha sido destruída pelo ataque dos insetos, e sumido na fumaça daquele inferno. Nós fomos tolos em acreditar que estávamos seguros e que sobreviveríamos a qualquer coisa.

Mas, os insetos tinham outros planos, e esmagaram os nossos com a mesma facilidade com que...bem...com que esmagamos um inseto.

Bobby, Michael e eu decidimos no dia seguinte voltar até o meu chalé para ver se podíamos recuperar qualquer coisa dos destroços. A fumaça, que no dia anterior podia ser vista subindo por cima das árvores, havia se dissipado em um pequeno fio negro. Susan escolheu ir conosco, assim como Latisha.

— Vocês não vão pra lugar nenhum sem eu — ralhou Latisha.

Deixamos Walt e Richie como guardas, e descemos a montanha com cuidado.

Era o chalé que ainda soltava um pouco de fumaça. A madeira queimara rapidamente e agora tudo que restava da nossa casa na montanha dos sonhos era uma pilha negra sobre uma base de concreto. Todos os veículos viraram uma carcaça queimada, inclusive o da Susan, que fora trazido para baixo alguns dias antes. O carro da Cheryl ainda estava no chalé da Susan, mas estava cheio de larvas e criaturas-mariposas mortas. Era impossível usá-lo.

Os painéis solares foram derrubados no chão. A edícula do gerador queimara completamente e o equipamento estava todo espalhado, assim como as baterias. Os aerogeradores estavam tombados. A edícula do poço tinha queimado, e a tampa de plástico que cobria o filtro no topo dele derretera cobrindo toda a abertura. Provavelmente conseguiríamos abrir o poço novamente, mas para que? Não havia mais abrigo. Tudo queimara quando o caminhão de gasolina explodiu.

Os corpos das pessoas mortas sumiram, assim como os dos insetos.

Sugeri que as criaturas-formigas os carregaram, como comido, já que era isso que formigas faziam. Ninguém comentou nada.

Achamos algumas armas que podiam ser aproveitadas, e um pouco de munição. Jogados no meio do jardim, intactos e sem motivo para estar ali, estava a caixa com os sinalizadores. Por incrível que pareça elas sobreviveram a explosão e os incêndios. Pegamos elas.

Encontramos também algumas peças de roupas espalhadas, também as levamos.

Pegamos também alguns alimentos congelados que estavam espalhados pelo local. Não havia muito que não tivesse queimado ou descongelado no sol, mas levamos o pouco que encontramos.

Depois de juntarmos o que conseguimos, verificamos se não havia ninguém para ser enterrado e mais uma vez subimos a montanha até o chalé da Susan.

Armazenamos o pouco que recuperamos e contamos aos outros tudo que vimos. E foi isso.

Seguindo as recomendações do Dr. Case, pegamos leve na semana seguinte. Precisávamos nos curar e descansar.

ESTAMOS PARTINDO, VEJA bem.

Decidimos que não podemos continuar aqui. Todos acreditávamos que seria um grande erro. Era questão de tempo para que os insetos nos encontrassem novamente e atacassem. Pode ser que sobrevivamos, pode ser que não. Temos menos recursos disponíveis aqui no chalé da Susan, pois a maior parte dos nossos suprimentos de defesa estava no outro chalé. A gasolina praticamente acabou, temos apenas um pouco guardado para manter os geradores funcionando, e, sem isso, o fosso nem tem muita serventia.

Perdemos o ácido bórico e os outros inseticidas na explosão e no incêndio.

Tudo que restou foi nossas armas - algumas espingardas, umas duas pistolas e dois lança-chamas que estão praticamente sem combustível. A Susan tem um borrifador de jardinagem, um daqueles manuais que precisam ser bombeados para criar pressão. Nós o enchemos com gasolina, e podemos usá-lo em conjunto com os sinalizadores caso precisemos atear fogo em algum inseto e o combustível do lança-chamas acabe.

Mantivemos guarda vinte e quatro horas por dia e todos nos revezamos em turnos. O Michael avistou uma criatura-centopeia por entre as árvores três dias atrás, e, ontem à noite, o Richie conseguiu abater com alguns tiros duas criaturas-mariposas. Ficamos surpresos em vê-las tão alto nas montanhas, mas aqui estavam.

O frio não está segurando os insetos. Eles definitivamente são de sangue-quente, e continuam crescendo cada vez mais. As criaturas-mariposas que o Richie matou eram do tamanho de um labrador.

Passei a última semana usando todos os cadernos de redação da Susan para escrever tudo que aconteceu. É uma tarefa árdua, escrever à mão... mas foi muito terapêutico, também.

Partiremos amanhã de manhã em direção ao norte rumo ao Forte Simon. Iremos a pé, já que os veículos não são mais uma opção. Teremos que atravessar duas montanhas e três longos vales para chegar lá. Será uma longa caminhada.

O inverno se aproxima, e as noites serão frias. E não sabemos o que nos aguarda pelo caminho. Podemos morrer em algum ponto entre aqui e lá, mas esse é um risco que estamos dispostos a correr.

Pois os insetos sabem que estamos aqui.

Deixarei estes cadernos aqui na mesa de jantar no chalé da Susan. Talvez um dia possa pegá-los de volta. Ou, talvez outra pessoa aparecerá, encontrará eles e sentirá um pouco de esperança com a nossa experiência.

Por que a esperança é a única coisa que nos diferencia dos insetos de olhos vazios.

Don't miss out!

Visit the website below and you can sign up to receive emails whenever T. M. Bilderback publishes a new book. There's no charge and no obligation.

https://books2read.com/r/B-A-KAW-JOQX

BOOKS 2 READ

Connecting independent readers to independent writers.